배지영

2006년 《동아일보》 신춘문예에
중편소설 「오란씨」가 당선되어 등단했다.
소설집 『오란씨』, 『근린생활자』와
장편소설 『링컨타운카 베이비』, 『안녕, 뜨겁게』가 있다.

KB188315

담이, 화이

담이,
화이

오늘의 젊은 작가 47

배지영
장편소설

민음사

1장

담은 끊임없이 걸었다

담은 끊임없이 걸었다. 깜박 졸았던 것 같기도 했지만 그때도 하염없이 걸었던 것 같다. 저만치서 작은 점 모양의 빛이 떨어지고 있었다. 두 발 사이로 통통한 쥐 한 마리가 참방거리며 뛰어갔다. 담은 놀라지도 않고 빛을 향해 나아갈 뿐이었다. 지하엔 악취만 있는 게 아니었다. 코를 찌르는 암모니아 가스는 물론이고, 특정할 수 없는 유해가스가 나왔다. 잠이 부족하기도 했지만 오랜 시간 가스에 노출되어서인지 정신이 몽롱했다. 손전등은 언제 잃어버렸는지 보이지 않았다. 담은 자주 비틀거렸다. 발밑에 철퍽이는 오수는 그래도 따뜻했다. 빛으로 다가갈수록 공기가 차가워지는 것을 보니 이번만은 헛것을 본 게 아닌 듯했다. 담은 정신을 바짝 차리자고 마음먹었다.

맨홀 뚜껑이 분명했다. 그 위로 차만 주차되지 않았기를 바랐다. 담은 어둠 속을 더듬거리며 철제로 된 사다리를 잡고 올랐다. 맨홀 뚜껑을 열기 전, 귀를 가져다 댔다. 차나 오토바이, 혹은 사람들이 지나다니는지 확인하려 했으나 귀에 물이라도 찬 것처럼 웅웅거릴 뿐 별다른 소리가 들리지 않았다.

담은 뚜껑을 있는 힘껏 밀어 올렸다. 빛이 눈을 찔렀다. 담은 눈물을 흘리며 눈을 감았다. 차갑지만 너무도 신선한 공기가 얼굴에 와 닿았다.

맨홀 뚜껑은 차도 바로 옆 인도에 있었다. 담은 저릿한 다리를 끌고 간신히 위로 올라섰다. 온전히 눈을 뜰 수는 없었지만, 안전하다는 것만은 알 수 있었다. 담은 차가운 보도 위에 등을 대고 드러누웠다. 눈을 감은 채 하얀 입김이 쏟아지는 거친 숨을 내쉬었다. 답답했던 가슴이 이제야 좀 뚫리는 것 같았다. 사람들이 몰려오겠지. 담의 몸에서 나는 냄새를 맡고 물러서겠지. 누군가는 소리를 지르겠지. 누군가는…… 괜찮냐고 물어볼까.

하지만 아무도 다가오지 않았다. 담의 거친 숨소리 외에는 누구의 목소리도 들리지 않았다. 가끔 귀를 찢는 경보음과 끊길 듯 끊기지 않는 경적 소리, 어디선가 울리는 요란한 음악 소리뿐이었다. 담은 일어서서 게슴츠레하게 뜬 눈으로 주변을 둘러보았다.

곧이어 담은, 괴이한 광경이 펼쳐져 있다는 것을 깨달았다. 새벽이었다. 어둠이 가시지 않은 도로 위에서 자동차들이 아무렇게나 뒤엉킨 채 경보음이 울리다가 끊어지기를 반복했다. 시동이 걸린 채 뒤집힌 차 안엔 탈출하려던 기미마저 없었다. 어찌 보면 평온한 얼굴로 운전석에 혹은 보조석에 안전벨트를 한 사람들의 몸이 늘어져 있었다.

맨홀 뚜껑을 열었을 때 담의 눈을 찌른 건, 햇빛이 아니었다. 가게마다 환하게 밝힌 조명이었고, 네온사인 불빛이었다. 그곳은 술집과 고급 주점이 몰려 있는 대표적인 유흥가였다. 어디선가 음악이 흐르고 휘황찬란한 네온 빛은 그대로건만, 아무도 없었다. 다만 차가운 보도 위로 사람들이 아무렇게나 쓰러져 있었다. 흐릿한 시선으로 보기에도 그들은 분명 죽어 있었다.

담은 술에 취한 듯 비틀거리며, 거리를 걸었다. 이건 꿈이 분명했으나 바람은 너무 차가웠다. 살이 에였다. 걸을 때마다 온몸 구석구석이 아프고 시렸다. 쓰러진 사람들을 밟지 않으려 노력했지만 손을, 다리를, 머리를, 발을 밟기도 하고 걸려 넘어지기도 했다.

어쩌면, 영화를 찍는 현장에 들어선 건지도 몰랐다. 어쩌면, 담이 지하에 있는 동안, 전쟁이 일어났고 생화학무기 같

은 것으로 사람들이 모조리 죽어 버린 건지도 몰랐다. 터무니
없는 생각이었다. 말도 안 된다는 것은 담도 잘 알고 있었다.

담은 바닥에 나동그라진 자전거 한 대를 아무런 죄책감 없
이 탔다. 아프고 춥고 몽롱한 정신으로, 작업을 진행했던 지
하철 공사 현장으로 간신히 되돌아갔다. 도로에 뒤집힌 차에
몇 번이나 부딪힐 뻔했다. 핸들을 급히 꺾느라 자전거에서 몸
이 튕겨져 나가기도 했지만 아픈 줄도 몰랐다. 얼어붙은 온
몸의 통각이 무감해진 것 같았다.

다행이라면 맨홀을 통해 나온 곳과 공사 현장이 그리 멀리
떨어진 곳이 아니라는 거였다. 너무 오랜 시간 지하에서 헤맸
기에 허탈할 지경이었다. 하지만 그렇게 가는 도중 발견한 광
경을 담은 이해할 수 없었다. 깊은 생각도 할 수 없었다. 함께
일했던 권 씨도, 관리소장도, 작업 현장에 쓰러져 있었다. 입
을 크게 벌리고 두 눈은 뜬 채 숨을 쉬지 않았다.

담은 작업차 안에서 자신의 가방을 챙기고, 방전된 휴대
폰을 챙겨 들었다. 젖은 옷을 벗고, 갖고 왔던 옷으로 갈아입
었다.

배가 고팠던 그는 편의점으로 들어가 컵라면을 하나 먹었
다. 뜨거운 국물이 들어오니 살 것 같았지만 강렬한 허기에
비해 반도 못 먹고 남겼다. 그는 생수병 하나와 타이레놀을
집어 들었다. 카드 결제를 받아 줘야 할 직원이 바닥에 고꾸

라져 있었기에 주머니를 탈탈 털어 지폐와 동전을 카운터 위에 올려놨다.

편의점을 나온 담은 다시 자전거를 타고 강을 건넜다. 다리 끝에 이르렀을 때 눈이 내리기 시작했다. 진눈깨비인가 싶더니 차츰 눈송이가 굵어졌다. 자신의 반지하방 앞에 이르렀을 땐 눈이 꽤 소복하게 쌓였다. 조금만 더 늦게 출발했더라면 자전거를 타고 집으로 돌아오는 길은 훨씬 더 고됐을 거라고 생각했다. 골목길에도 사람들은 쓰러져 있었고 그 위로 눈이 쌓이고 있었다. 담의 시야는 그때까지도 여전히 흐릿했기에, 몽롱한 정신 또한 제대로 돌아오지 않았기에, 이 모든 것을 현실로 받아들이지 않았다. 환각에서 벗어나지 못한 거라 생각했다. 그렇지 않고서야 도로를 달리는 자동차 한 대 볼 수 없을 수는 없다고. 버스고 자동차고 철교 위 전철이고 아무렇게나 뒤집힌 채, 연기를 내뿜으며 경보음을 울린 채 있을 수는 없을 거라고. 무엇보다 모든 사람들이 죽은 듯 길바닥에 쓰러져 있을 순 없는 거라고. 집으로 돌아온 담은 옷을 벗고, 뜨거운 물이 나오기까지 시간이 꽤 걸리는 좁은 욕실에 몸을 구겨 넣은 채 생각했다. 지하에서 헤매다가 마신 오수에 환각 물질이 섞여 있었던 모양이었다. 두통이 남아 있는 것을 보니 분명했다. 유흥가에 있는 지하 하수도관에선 종종 단속을 피해 던져 버린 마약이나 환각 물질이 발견되기도 했다. 그

걸 마셨으니 환각에 시달린 나머지 이를 현실로 여긴 모양이었다. 아니다. 어쩌면 긴 꿈일 수도 있다. 아니다. 어쩌면 공사 현장에서 떨어진 그때, 이미 죽은 건지도 몰랐다.

담은 샤워를 마치고 옷도 제대로 입지 못한 채 늘상 방바닥에 펴져 있는 낡은 이부자리 속으로 기어 들어갔다. 열에 들떠 얼굴은 뜨거웠지만 몸은 떨렸다. 타이레놀 두 알을 삼켰다. 손가락 하나 들 힘도 없었다. 간신히 전기장판을 켜자마자 곯아떨어졌다.

얼마나 잤을까. 담은 끊임없이 들려오는 익숙한 소음에 눈을 떴다. 여느 때와 다름없는 사람들의 분주한 발소리였다. 그는 방 안 창을 올려다보았다. 피식, 웃음이 나왔다. 그러면 그렇지. 아무것도 아닌 자신에게 이렇게 굉장한 일이 일어날 리 없었다. 다행이란 생각과 더불어 씁쓸한 감정이 일었지만 왜 그런지는 알 수 없었다.

골목 초입에 있는 다세대주택, 지하 1층에 있는 방엔 방충망이 달린 가로 30센티미터, 세로 20센티미터 정도 되는 불투명 창이 있었다. 걸쇠가 없었으나 열리진 않았고 창을 열 까닭도 없었다. 바로 앞에 가로등이 있어서, 창엔 늘 흐릿한 빛이 걸려 있을 뿐 방은 대체로 어두웠다. 가까운 곳엔 마을 버스 정류장이 있기에 아침이면 사람들의 발소리에 잠이 깼고, 늦은 밤이나 새벽녘엔 취객이 쏟아 내는 구토나 오줌 소리에 잠이 깼다.

담은 늘어지게 기지개를 켜며 일어나 앉았다. 지하에서 올라온 뒤 본 것은 어쩌면 꿈의 한 조각이었는지도 몰랐다. 여전히 몸은 아프고 두통은 남아 있었지만 그래도 살 만했다. 휴대폰으로 시간을 확인해 보려 했으나 전원이 꺼진 것을 깨닫고 충전 케이블을 꽂았다.

평소와 다름없이 물 한 잔을 마시고, 이불은 개지 않고, 화장실로 들어가 소변을 보고 세탁기에 물이 튀지 않도록 쪼그려 앉아 샤워를 했다.

빨랫대에 걸려 있는 눅눅한 셔츠와 바지를 입고, 빨아 놓은 양말이 없어서, 서랍에 새로 사 놓은 양말의 비닐을 뜯어 신었다. 뒤축이 구겨진 운동화를 신고 갈색 알루미늄 새시로 만든 높이 1미터도 안 되는 문을 열어 고개를 숙인 채 바깥으로 나갔다. 여전히 눈이 내리고 있었다. 지나치게 조용하다는 생각을 잠시 했다. 그의 앞으로 한 무리의 사람들이 지나갔는데, 담은 저도 모르게 코를 움켜쥐고 말았다. 이렇게 끔찍한 냄새를 맡아 본 적이 있었던가. 고개를 든 담은 그만 자리에 주저앉고 말았다.

걸어 다니는 그들에겐 생명의 빛이 없었다. 얼굴에도 눈에도 피부에도, 비틀거리는 걸음걸이에도. 다만 움직일 때마다 분명하고도 끔찍한 시취가 역하게 콧속을 후벼파고 들어왔다. 좁은 골목길을 휩쓸고 줄지어 걸어 다니는 사람들은 이미 죽어 있었다. 그들은 시체였다.

그날 화이는 백화점 지하 1층 주차 정산소에 있었다

"시발, 내가 그동안 이 백화점에서 돈을 얼마나 썼는지 알
아?"

늙은 사내가 욕설을 퍼부었다. 뒤로 밀린 자동차들이 클랙
슨을 울려 댔다. 굳이 이럴 필요는 없었다. 블랙리스트로 올
려놓으면 그만이었다. 그다음부터는 화이가 상관할 바가 아
니었다. 하지만 늙은 사내를 순순히 나가게 하고 싶진 않았
다. 공회전 하는 자동차의 배기가스가 가슴을 조여 오고 엔
진의 열기가 얼굴을 달궜으나 화이는 웃음기마저 띤 얼굴로
말했다.

"영수증을 잃어버리셨다면 신용카드 문자 메시지라도 확인
해 주시면 되잖아요."

그때 화이의 볼 옆으로 무언가 날카로운 게 스쳤다. 사내는

꼬깃하게 동전에 뭉친 지폐를 던지며 말했다.

"평생 이 모양 이 꼴로 살아라. 돼지 같은 년!"

화이는 얼결에 지폐를 집어 올리며 "감사합니다."라고 인사까지 하고 말았다.

"뭐 해? 이거나 올려!"

늙은이가 빽, 고함을 치는 바람에 화이는 개폐기 버튼을 누르고 말았다. 다른 때였다면 달려와 주었을 주차 요원 아르바이트생인 J는 화이와 눈이 마주치자 당황한 듯 눈길을 돌렸다. J도 알게 된 것이 분명했다.

화이에 대한 이야기가 소문으로 돌기만 했을 때도, J는 "걱정 마. 이쪽 라인은 내가 다 입단속시켰어. 언니를 뭘로 보고 그런 헛소리를 하나 몰라."라며 웃었다.

하지만 한 커뮤니티에 누군가 올린 글이 순식간에 퍼졌다. 문자를 주고받은 내용을 캡처한 사진, 시시티브이에 찍힌 모습은 누가 봐도 화이였다. 화이의 에스엔에스로 갑자기 디엠과 멘션이 쇄도하면서 화이는 자신의 신상이 까발려졌다는 것을 알았다. 사기꾼, 꽃뱀, 스토커. 낯설었던 단어가 화이를 지칭하고 있었다.

화이는 에스엔에스 탈퇴 버튼을 눌렀다. 손이 떨렸다. 억울했지만 어떻게 대응해야 할지 알 수 없었다. 등록되어 있지 않은 번호로부터 문자가 왔다.

'넌 여전히 쓰레기처럼 사는구나.'

여전히? 화이는 그게 누구의 번호인지 몰랐다. 통화 버튼을 눌러 확인하고 싶지도 않았다.

죽고 싶다는 생각이 들었다. 아니, 모두 다 죽어 버렸으면 좋겠다고 생각했다.

몇 푼의 주차료는 아까워하면서도 외제차를 끌고 다니는 노인도, P도 P의 와이프도, 하루아침에 화이를 쓰레기 취급하는 눈길과 손가락을, 그리고 그녀를 아는 모든 인간들이 다 죽어 버렸으면 좋겠다고 생각했다.

그때 갑자기 정산소가 흔들렸다. 뒤이어 온 자동차가 차단기를 박고 위로 쭉 밀리며 추돌했다. 경적과 경보음이 뒤섞였다.

드디어 무너지는구나. 화이는 서울 한복판에 있던 한 백화점이 무너졌다는 이야길 들은 적이 있다. 백화점에서 일하면서 화이는 종종 전설 같은 그 이야기를 떠올리곤 했다. 이곳도 무너질지 모른다고, 공포만큼이나 그것을 소망했다.

소음과 소동은 그 뒤로도 계속됐다. 차들은 멋대로 추돌했다. 주차권 리더기가 떨어지면서 화이의 코를 깼다. 그 바람에 화이는 정신을 차렸다. 까만 코피가 흘렀지만 아픈지도 모른 채 허겁지겁 밖으로 나왔고 비명을 질렀다. 독가스라도 살포된 걸까. 쇼핑백을 들고 혹은 자동차 안 핸들 위로 엎어진 채로, 사람들은 쓰러져 있었다.

화이는 피가 나는 코와 입을 손바닥으로 막은 채, 지상으로 뛰어 올라갔다. 멋대로 달려 나가는 차를 피해, 쓰러진 사람들을 피해 뛰어간 화이는 또다시 비명을 질렀다.

차도엔 추돌한 차들이 한 무리로 연기를 뿜어내며 경보음을 울려 대고 있었으나 살아 있는 사람의 목소리는 들리지 않았다. 신음마저 없었다. 당연했다. 그들은 모두 죽었으니까. 심장이, 숨이 멈춰 있었다. 각종 기계음과 사람 목소리를 녹음한 안내음만이 그 자리를 대신하고 있었다. 소란과 소음 가운데의 무시무시한 침묵이었다.

믿기지 않았다. 무엇을 어떻게 해야 할지, 판단을 내릴 수 없었다. 여기저기 전화를 걸어 보았지만, 녹음되지 않은, 살아 있는 사람의 음성은 들리지 않았다. 사람들이 이렇게 죽어 버릴 수 있을까. 천재지변이든 핵폭발이든 전염병이든 전조가 있어야 했다. 전원을 빼 버린 것처럼 모든 사람들이 한날한시에 죽을 수는 없는 노릇이었다.

사흘째 되는 날, 화이는 자신이 살고 있는 낡은 원룸 건물 앞 편의점에 있었다. 생수도 떨어졌고 감기에 걸렸는지 으슬으슬 몸이 떨려 감기약이라도 구해야지 싶어 6층에서 걸어 내려갔다. 습관처럼 엘리베이터를 타려다가 계단을 이용했다.

혹시라도 고장 나 갇혀 버리면 안 되겠다 싶었지만 실은 바닥에 한 여성과 남성이 쓰러져 있는 걸 알았기 때문이다.

끊길 듯 끊기지 않고 내리는 눈 덕분에 거리는 환하게 느껴졌다. 거리에, 도로에, 쓰러져 있는 사람들 위로 눈이 쌓였다. 눈에 파묻혀 시체들이 보이지 않으니 지옥 같던 거리에도 나올 용기가 생겼다.

딸랑, 종소리가 울리는 편의점 유리문을 열고 들어서자 카운터엔 오후 아르바이트를 하던, 얼굴에 여드름이 붉게 돋아 있는 남학생이 엎어져 있었다. 얼핏 보면 자는 것 같아 보였으나 옅은 시취가 풍겼다. 화이는 약은 잊고, 묵직한 1.5리터 생수 한 묶음만 힘겹게 집어 올렸다. 고작 생수 따위를 훔쳤다고 나중에 탈이 나진 않겠지, 화이는 편의점에 붙은 시시티브이를 바라보며 생각했다.

그때 '우두둑' 소리와 함께 '쩌억' 하는 소리가 들렸다. 카운터에 엎드려 있던 아르바이트생이 고개를 들더니 입을 크게 벌리고 천천히 다시 꽉 다물었다. 검은 눈동자엔 빛이 없었고 눈꺼풀은 깜박이지도 않았지만 화이를 향하고 있었다.

화이는 매우 놀랐지만 어쩐지 침착한 마음이 되었다. 이런 일이 일어날 것을 예상이라도 했다는 듯. 다만 값을 지불하지 않고 물건을 갖고 나가려다가 걸릴 뻔해 놀랐을 뿐이라는 듯.

"카드를 안 갖고 와서요. 이건 제가 나중에⋯⋯."

화이는 뒷걸음치며 다시 살아난 아르바이트생을 향해 말했다. 이미 죽었고 여전히 시체일 뿐인 아르바이트생은 그렇게 일어선 뒤, 갈피를 잡지 못한 듯 이리저리 몸을 부딪혔다. 진열되어 있던 담뱃갑들이 우르르 쏟아져 내렸다. 그때 편의점 밖에서, 유리문을 깨기라도 하듯 쾅, 부딪히는 소리에 화이는 시선을 돌렸다. 과장스럽게까지 느껴질 법한 깊고 묵직한 비명을 질렀다.

당연히 그래야 한다는 듯 보도 위의 시체들이 일어선 것이다. 하얀 눈을 머리에, 눈썹에, 옷에 단 채, 걸음마를 이제막 시작한 것처럼, 고꾸라질 듯 비틀거리며 걸었다. 사후강직이 일어난 이후니 걸음걸이는 목각 인형처럼 부자연스러웠으며 걸을 때마다 뼈와 근육이 부딪히는 소리인지, 알 수 없는 이상한 마찰음이 들렸다. 그들 가운데 진짜 살아 있는 누군가가 있을지 모른다는 기대감은 전혀 들지 않았다. 그들에겐 빛이 없었다. 모든 생명에겐 빛이 있었다는 것을 화이는 깨달았다. 분주하고 요란하다 싶을 정도로 걷는 그들에겐 어떠한 빛도 보이지 않았다.

2장

담은 지는 해를 바라봤다

담은 지는 해를 바라보며 눈살을 찌푸렸다. 비둘기조롱이 한 마리가 원을 그리며 강물에 반사된 붉은 노을 위를 휘젓다가 다시 날아올랐다. 담은 눈을 천천히 끔벅였다. 흐릿해지는 얼룩처럼 빛의 잔상이 남았다 사라졌다. 더 이상 떠오르는 시체가 없었으므로 일은 여기서 마쳐도 좋았다.

시체를 태우기 위해 파 놓았던 구덩이에 종일 사용했던 장갑과 겉옷을 벗어 던져 넣었다. 불꽃은 확 타올랐지만 곧 사그라들었다. 담은 삽으로 흙을 떠서 구덩이 안으로 던졌다. 불씨가 완전히 사라진 것을 확인하고서야 담은 차에 올랐다.

담은 운전대를 잡기 전에도 물티슈로 손을 여러 번 닦고 소독제로 또 닦았다. 버릇처럼 손을 코끝에 가져다 대며 냄새를 맡기도 했다. 손이 문제가 아니었다. 머리카락부터 발끝까지 담의 몸에선 시취가 풍길 터였다.

걸어 다니는 시체들은 딱 사흘치의 부패만 정상적으로 진행된 것처럼 보였다. 이후부터는 아주 느린 속도로 썩어갔다. 겨울이었으므로 대개는 정도가 심각하지 않았으나 시체는 시체였다. 고약한 냄새를 풍겼다. 어느 장소, 어떤 상태에서 죽음을 맞이했느냐가 부패의 정도를 가름했다. 그들은 시체가 된 채 걸어 다녔다. 살아난 것은 아니니 '부활'이라고 하기엔 곤란했다. 영화에서처럼 살아남은 사람에게 달려들어 물어뜯지도 않으니 '좀비'라기엔 박진감이 부족했다.

담은 그들을 '걷는 자'라 불렀다.

'걷는 자'들에겐 당연히 표정이 없었다. 소리 나는 쪽을 향해 고개를 돌리지도 않았다. 알 수 없는 휩쓸림이 있을 뿐이었다. 걷는 자는 홀로 다니는 법이 없었다. 무리의 수는 제각각이었다. 대개 열 명에서 서른 명 사이가 가장 많았다. 한 번 만들어진 무리가 다른 무리 뒤로 붙으며 수세를 늘리기도 했으나 대개는 자신의 무리를 지키는 것처럼 보였다. 그들은 줄을 만들어 앞선 자를 묵묵히 따라 걸을 뿐이었다. 어디로 향하는지도 알 수 없었다. 그야말로 정처 없이 걷고 걷고 또 걸을 뿐이었다.

저만치 작은 호수처럼 보이는 웅덩이가 보였다. 더 이상 걷지 않게 된 시체 한 구가 더러운 물 위로 반쯤 몸이 잠긴 채 떠 있었다. 걷는 자 한 무리가 웅덩이를 지날 때, 저 시체만 머리까지 잠긴 게 분명했다. 이렇게라도 안식을 얻었으니 다행이라 해야 할까. 담은 웅덩이 옆 인도에 차를 세웠다. 걷지 않는 시체는 빨리 처리하는 편이 나았다. 시체는 물에 완전히 잠기고 난 뒤, 걷지 않게 되는 순간부터 빠른 부패가 시작됐다. 아니 정상적인 속도로 부패가 진행됐다. 섬 안의 모든 시체를 처리할 순 없겠지만, 눈에 띄는 시체를 지나칠 순 없었다.

지진 때문이었을까. 도시의 전기와 가스는 그의 예상보다 훨씬 더 빨리 끊겼다. 원인을 알 수 없는 화재가 더 크게 번지는 걸 막을 수 있다는 점에선 차라리 다행이었다. 하지만 지진 이후 이어진 폭설과 폭우로 하수시설이 막히고 물이 고이고 다시 그 물이 얼고 도시의 수도관이 터지면서, 도심의 지하는 금세 시커먼 물로 가득 찼다.

지하에서 쥐 떼가 뛰어나와 줄지어 어딘가로 이동하면 그곳은 반드시 몇 시간 후 물에 잠겼다. 물이 빠지는 시간은 더뎠다. 지진으로 파인 도로의 물웅덩이가 규모가 차츰 커졌다. 아무렇게나 추돌된 채 방치된 차들이 가득한 데다가 나날이 침수되는 도로가 늘어나면서 운전은 쉽지 않았다.

담은 픽업트럭의 적재함에서 손수레를 끌어 내렸다. 새 장갑과 마스크를 끼고 작업화를 벗어 장화로 갈아 신었다. 웅덩이 바깥에 서서 끌채로 시체를 밀어 냈다. 시체는 부패가 상당히 진행돼 있었다. 교복을 입은 것으로 봐서 10대 아이 같았다. 담은 손수레에 시체를 옮겨 실었다. 구더기가 가득 찬 머리통이 덜렁거려서 할 수 없이 손바닥으로 뒤통수를 조심스레 받쳐야 했다. 손수레를 끌고 시체를 태울 만한 장소를 찾았다. 한 건물의 주차장이 눈에 들어왔다. 건물 벽 앞으로 시체를 내려놓고 다시 차로 돌아가 석유가 든 플라스틱 통과 간이 철제 방풍막을 갖고 왔다. 방풍막을 두른 후 시체에 석유를 뿌렸다. 토치로 불을 붙이자 메케하고 검은 연기가 솟아올랐다. 담은 뒤로 물러서서 불길을 바라봤다. 짙은 연기가 피어오르며 역한 냄새가 났다. 담은 눈물이 났다. 연기 때문이었다.

걸어 다니는 시체가 머리까지 완전히 물에 잠기면 걷는 것을 멈춘다는 것을 알게 됐을 때 담은 전율했다. 거대한 비밀의 퍼즐 가운데 가장 중요한 한 부분을 푼 것만 같았다.

그 뒤부터 담은 걷는 자의 무리를 물가로 인도했다. 도시는 작은 섬으로 되어 있었기에 강까지 데리고 가는 건 그리 어렵지 않았다. 앞선 자의 등짝을 장대로 조심스럽게 밀고 찌르면 방향을 조종할 수 있었다.

담은 누가 시키지도 않은 이 일을 날마다 해 나갔다. 아무리 일을 해도 도무지 줄어들 것 같지 않은 거리의 걸어 다니는 시체들을 바라보며, 스칸디나비아반도의 과학자를 떠올렸다. 어린 시절 보았던 한 과학 잡지에서 읽은 적이 있었다. 과학자는 종말에 대비해 노아가 만든 커다란 선박을 대신할 최신식 잠수정을 만든다고 했다. 알약으로 된 음식을 연구하고 함께 떠날 배우자를 선발하고 태울 동물을 선정한다고 했다. 그라면 뭔가 다르지 않았을까. 그 다른 일이란 무엇일까. 아무리 고민해도 뾰족한 수가 떠오르지 않았다.

담은 생각했다. 물이 마르고 방주에서 걸어 나온 자들이 가장 먼저 할 일은 뭍에 남은 쓰레기와 사람의 시체와 짐승의 사체를 처리하는 걸 거라고. 그러지 않고 어떻게 새로운 세상이 시작될 수 있겠는가. 그에 비하면 걸어 다니는 시체를 처리하는 일은 훨씬 더 깔끔하고 보람되기도 하다고 담은 생각했다.

화이의 머리 위로 커다란 그림자를 드리우며 새 떼 가 낮게 날았다

화이의 머리 위로 커다란 그림자를 드리우며 새 떼가 낮게 날았다. 화이는 백화점 루프탑에 서서 쌍안경으로 주변을 둘러보았다. 어디에도 살아 있는 사람의 흔적은 보이지 않았다.

매일 주변을 둘러보다 보면 이곳이 섬이었다는 사실을 새삼 깨닫게 됐다. 지진으로든, 침수로든, 혹은 노후로 인해서든 다리들이 끊기면 영영 이곳에 갇히게 될지 몰랐다. 쓸데없는 걱정이라는 걸 알면서도 불안한 마음이 됐다. 언젠가는 이곳을 떠나야 조금 더 안전해질 것 같았다. 구체적인 방법을 생각하면 막막해졌다. 차를 타고 나가기엔 도로마다 너무 많은 차들이 뒤엉켜 있어서 곤란했다. 철교를 따라 걸어가면 어떨까 싶었으나 그건 위험한 일이 될 거 같았다. 어떤 짐승이든 튀어나온다면 속수무책으로 당할 수밖에 없으리라. 어디로 가야 하나라는 생각에 이르면 화이는 곧 포기했다. 그래도 이곳이 가장 낫다는 결론을 내릴 수밖에 없었다. 화이는 포기가 익숙했다.

강을 가르는 철교 위에 서 있는 전철이 보였다. 지진으로 선로가 어긋나면서 자동으로 제어가 된 것 같았다. 뒤집히거나 처박힌 도로 위 자동차들에 비해 비교적 정상적으로 정차되어 있었다. 저 안엔 한때 살아 있었던 사람들이 이제는 죽은 채 걸어 다니고 있겠지. 질서 정연하게 줄을 이룬 채 이리저리 몸을 부딪히면서도 걷는 걸 멈추지 않겠지.

화이는 죽은 그들이 걷는 이유가 궁금했다. 이미 죽었으니 '생존'을 위한 건 아닐 테고 '본능'이라고 해야 하나. 죽은 자에게 '본능'이란 말을 붙일 수 있을까.

죽어서까지 줄을 만들어 걷는 모습은 소름 끼쳤다. 홀로 걷는 자는 없었다. 혼자 걷다가도 죽은 자의 줄을 발견하면 반드시 그 뒤를 따랐다. 시체들은 어떻게든, 어떤 줄이든 만들었다. 적게는 서너 명이기도 하고 100여 명에 달하는 긴 줄도 보았다.

화이도 죽게 된다면 저렇게 되는 걸까. 어떤 줄을 뒤따를까. 모든 상상은 다 끔찍했으므로 절대 죽지 말자고, 이런 세상이 지속되는 동안엔 죽어선 안 된다고, 쓸데없는 다짐을 몇 번이고 했다.

걸어 다니는 시체들이나 황량해진 도시를 보는 건 심란한 일이었지만, 해 질 무렵 노을이 아름다운 날이면 우울이 거둬지기도 했다.

백화점 바로 옆 증권사 빌딩은 몇 해 전 대규모 리모델링 공사를 했다. 유리로 된 벽면이 꼭대기로 올라가면서 완만한 경사를 이뤘는데, 층마다 다른 각도와 색채가 나오도록 유리가 설치돼, 빛을 받은 빌딩은 무채색의 꽃다발 같기도 하고 불타오르는 횃불 같기도 했으며 알전구가 반짝이는 크리스마스 트리 같아 보이기도 해서 랜드마크로 부상했다. 하지만 건물의 안전성에 문제가 있다는 소문이 돌았다. 곳곳에 균열이 발견됐다고도 했다. 작은 충격에도 큰 손상을 입을 것이 분명하다고도 했다. 세 번째 지진은 처음 일어난 지진에 비해 강도가 매우 약했음에도 불구하고 증권사 건물은 견디지 못하고 마치 두 손으로 잡고 분지르기라도 한 듯 무너져 내렸다. 그에 비하면, 대리석으로 지어진 백화점은 비록 수십 년 전 지어진 거라고 하지만 타격을 입지 않았다. 오늘처럼 노을이 아름다운 날이면 증권사 빌딩의 남은 부분마저 여전히 꽃다발 같아 보였다.

그날, 백화점 지하 1층 주차 정산소에서 나온 화이는 막무가내로 돌아다녔다. 두 번째로 땅이 울리고 건물이 흔들리자 화이는 가장 가까운 건물의 입구에서 몸을 웅크린 채 한참을 앉아 있었다. 화이는 휴대폰으로 119와 112에 전화를 걸었다. 응급 센터가 있는 병원에도, 방송국에도, 시청에도, 백화점 인사과에도 전화를 걸었으나 누구도 받지 않았다. 이미 녹음되어 있는 안내 멘트만 나올 뿐이었다.

　화이는 신고 있던 스니커즈를 벗고 저린 발을 주물렀다. 자동차들이 추돌하여 도로에 화재가 나기도 해서 여기저기 연기가 솟구치고 있었다.

　겨울이라 어둠은 더 빨리 짙어졌다. 화이는 그제야 얇은 유니폼만 입고 있다는 사실을 깨달았지만 지하 정산소로 되돌아가 자신의 겉옷을 갖고 나올 자신이 없었다. 할 수 없이 화이는, 근처에 있던, 중년 여성복 매장 앞 매대에 쌓아 놓고 파는 두툼한 오리털 점퍼 하나를 집어 입었다.

　화이는 자신의 집을 향해 걸어갔다. 시동이 걸린 채, 핸들에 머리를 박고 쓰러진 사람을 끌어내고 자동차를 빌려 볼까도 생각해 보았지만 이리저리 엉킨 자동차들 사이를 운전하는 건 더 위험해 보였다.

　걷는 수밖에 없었다. 일정한 시간이 되면 불을 밝히는 가로등 덕에 어둡진 않았다. 화이는 휴대폰으로 내비게이션을 켠 채 자신의 집을 향해 하염없이 걸었다. 걸어가면서 그녀 눈에 들어오는 현실 같지 않은 현실을 보고도 믿을 수 없었다.

자동차들은 뒤집히기도 하고 가드레일을 들이박기도 했으며 더러는 강으로 빠졌다. 화재로 불타오르는 자동차들이 도로 곳곳에 보였지만 불을 끌 수 있는, 살아 있는 사람은 화이 외에는 없어 보였다.

화이는 걷고 또 걸었다. 밑창이 얇은 스니커즈는 출퇴근길 지하철을 타고 내리고 가까운 역으로 오갈 땐 무척 편했지만 오래 걸으니 발바닥이 아프고 발도 시렸다. 이왕 옷을 집어 올 거면 좀 더 기장이 긴 패딩을 선택할걸. 세상이 이렇게 된 마당에 하필 매대에 있는 싸구려 옷을 고른 자신의 어리석음이 한심했다.

강 위의 대교를 걷는 건 처음이었다. 얼굴과 다리는 너무 추워 감각을 잃은 듯했지만 한참을 걷다 보니 땀이 났다. 강바람에 땀이 식으면서 떨려 왔다. 차가 저렇게 찌그러져 있는데, 경보음이 이렇게나 시끄러운데, 누구의 비명도 외침도 들리지 않으니, 반전이라곤 주인공의 죽음밖에 남지 않은 공포 영화 같다는 생각이 들었다.

화이는 지진이 또다시 일어나 다리가 끊기면 어쩌나 마음

졸이며 걸었다. 뒤집혀 연기가 피어오르는 자동차는 언제 또 화재로 이어질지 몰랐다. 끔찍한 상황을 외면하고 싶어 화이는 발밑을 내려다보며 걸었다.

걷고 걸은 끝에 그녀의 원룸 건물 앞에 도착했다. 밤 10시 반이었다. 엘리베이터는 1층에 멈춰 있었는데, 안에는 성인 남녀가 쓰러진 채 죽어 있었다. 화이는 너무 지쳐 엘리베이터 안에 쓰러진 두 사람을 밖으로 끌어내는 것도, 계단을 통해 6층에 있는 자신의 방으로 올라가는 것도 자신이 없었다. 20대 중반쯤 되어 보이는 여성과 40대로 보이는 남성을 엘리베이터 벽 쪽으로 간신히 밀어 넣은 뒤 그들 발과 어깨 사이로 비집고 들어가 6층 버튼을 눌렀다. 닫힘 버튼을 누르고 한 층 한 층 올라가면서 화이는 잘못된 선택을 했다는 것을 깨달았다. 이곳까지 오는 동안 숱하게 죽은 자들을 봤지만, 좁은 공간에 함께 있는 건 또 다른 일이었다.

엘리베이터에서 내리자마자 화이는 헛구역질을 했다. 방으로 들어온 화이는 비누칠을 해 손을 꼼꼼히 닦고 아주 오랜 시간 샤워를 했다. 모든 것이 꿈만 같았다. 신상이 털린 것도, 지진이 일어난 것도, 사람들이 갑자기 죽어 나자빠진 것도. 어떻게 이 모든 일들이 단 하루 만에 일어날 수 있는지.

화이는 집에서 입는 티셔츠와 헐렁한 바지로 갈아입은 뒤, 매트리스 위에 누워 이불을 끌어 올렸다. 아무래도 이 모든 일이 현실 같지 않았다.

"일단 자자."

화이는 일부러 소리 내어 말했다. 자고 일어나면 '진짜' 현실로 돌아올지 몰랐다. 그렇다면…… 실망스러울 것도 같았다. 화이는 곧바로 잠이 들었다.

잠에서 깨어난 화이가 편의점에 가서 생수를 갖고 올라오고 난 뒤, 화이는 한동안 밖으로 나가지 못했다. 창문 밖 거리를 휩쓸며 줄지어 서서 걷는 시체들을 내려다보는 것만으로도 화이는 두려워 몸이 떨렸다. 시체들이 그냥 무리 지어 걷기만 할 리 없었다. 살아 있는 사람을 맞닥뜨리면 물어뜯을 것 같았다. 살아 있는 사람, 그러니까 화이가 그들 곁을 지나면, 걷는 시체들은 반응할 것 같았다. 냄새든, 소리든, 이도저도 아니면 빛에라도 반응할지 몰랐다.

하지만 오랜 시간 관찰한 결과, 그들은 그저 시체일 뿐이었다. 괴물도 아니었다. 할 줄 아는 거라곤, 살아 있을 때처럼 무리 지어 걸어 다니는 것뿐. 그건 위협이 되지 못했다. 그저 누군가의 뒤를 따라 걷고 걷고 또 걸을 뿐이었다.

실상 화이는 아무것도 하지 않았지만, 한편으로는 많은 것을 한 셈이었다. 밖으로 나갈 용기를 얻었으니까. 화이의 마음은 조금 더 단단해졌다.

고작 10일 만에 인터넷이 안 됐으므로 스트리밍 서비스로 듣던 노래는 들을 수 없었다. 18일 후엔 전기가 끊겼고 22일째부턴 가스마저 나오지 않았다. 그나마 제대로 나오는 건 수도뿐이었다.

그 일이 있고 한 달 만에 화이가 원룸을 떠난 이유는 추워서이기도 했지만 하수구가 막힌 탓이 컸다. 천천히 고였던 물이 내려가긴 했으나 속도가 느린 탓에 타일 바닥은 미끈거리고 금세 지독한 냄새를 풍겼다. 물이 역류해 올라오자 변기 물도 내릴 수 없었다. 방역을 철저히 해서 낡은 건물치고 벌레가 없는 것이 이 원룸의 유일무이한 장점이었건만, 바퀴벌레 여러 마리가 하수구에서 기어 나오는 걸 보고 화이는 비명을 질렀다. 화이는 그날 바로 간단한 짐을 챙겼다.

화이는 원룸을 떠나 자신이 일하던 백화점으로 다시 향했다. 이번엔 옷을 단단히 입고 출발했다.

화이에게 이 도시에서, 집 말고 익숙한 곳은 그곳뿐이었다. 엄밀히 말해, 백화점의 지하였고 정산소지만 다시 내려갈 생각은 추호도 없었다. 백화점에서 일하는 동안 화이는 내내 지하에만 있어야 했다. 지하에서 일하는 직원과 지상에서 일하는 직원은 유니폼도 달랐다. 지하 유니폼을 입은 채 백화점 에스컬레이터나 엘리베이터를 이용해선 안 됐다. 화장실도 구분해서 지하에 있는 것만 사용해야 했으며 혹시라도 내부에 들어갈 일이 생기면 비상계단을 이용하거나 화물용 엘리베이터를 써야 했다.

화이는 백화점 1층 정문을 통해 당당히 안으로 걸어 들어갔다. 다행이라면 섬이기도 한 그곳엔 그녀가 살던 동네와 달리 전기가 끊기지 않았다. 백화점엔 밝은 조명이 비쳤고 여전히 쇼핑을 즐기기라도 하듯 시체들은 줄지어 걸어 다녔다. 앞사람의 등짝과 뒷사람의 가슴에 자석이 붙어 있기라도 한 듯 적당한 간격을 유지한 채 줄을 만들었다. 앞선 자의 뒤를 따랐다. 걸어 다니는 시체를 피하는 일은 오히려 쉬웠다.

화이는 백화점 정문을 활짝 열었다. 1층 명품관을 돌아다니는 시체들이 끌리듯 문을 향해 나아갔다. 에스컬레이터 아래엔 일어서려다가 주저앉고 그러다 다시 휩쓸리는 시체들이 괴상한 퍼포먼스를 반복했다.

화이는 브이아이피룸으로 가야겠다고 생각했다. 그곳이라면 쾌적할 것 같았다. 하수가 역류하지 않고 악취도 나지 않을 것 같았다.

화이는 비상계단을 통해 브이아이피룸이 있는 9층까지 올라갔다. 그곳을 관리하던, 지금은 그저 줄지어 걷고 있을 뿐인 매니저와 관리팀장을 쉽게 찾아냈다. 그들의 목과 손목에 있는 카드를 뺏은 후, 물티슈로 닦아 자신의 목에 걸었다. 그것이 있으니, 웬만한 곳의 백화점 내 문은 다 열 수 있었다.

전기가 끊길 것에 대비해, 화이는 백화점 안의 모든 문을 다 열어 뒀다.

백화점 10층 전시관에선 캠핑 기획전이 있었다. 전시된 캠핑용 석유난로를 브이아이피룸에 가져다 놓고 거위털로 만든 고급 침낭에서 잠을 잤다. 지하 식료품점에서 갖고 온 반조리 식품을 먹고 브이아이피 회원들에게만 제공되는 루왁 커피를 마셨다.

가끔 루프탑에 올라 주변을 둘러보았다. 화이는 매일의 운동량을 쇼핑하는 시간으로 채웠다. 주로 1층 명품관에서 물건을 골랐다. 처음엔 진짜 필요하다고 생각되는, 패딩이나 모자, 가죽 장갑, 신발 같은 걸 골랐다면 시간이 지날수록 아무거나 헤집고 다니며 가격이 비싼 물건이라면 무조건 담았다.

화이는 명품에 관해 잘 안다고 생각했다. 가품을 구입하기 위해 돌아다니면서 백팩은 프라다, 핸드백은 에르메스, 힐은 구찌, 캡은 셀린느, 이어링은 불가리, 파우치는 디올, 스카프는 루이비통을 사려고 했다. 가품은 그해 브랜드에서 인기 품목을 사는 것이 좋았다. 그래야 좀 더 고퀄리티, 일대일로 미러링해서 만든 프리미엄급을 조금은 더 저렴한 가격에 구입할 수 있었다. 이제 그런 것에 신경 쓰지 않아도 됐다. 가격표의 숫자가 크다는 이유로 아무거나 집었다. 필요도 없는 남성

용 손목시계나 향수, 키링도 담았다. 그것은 화이에게 잠시나
마 활력을 주었지만 너무도 빨리 시들해졌다.

담은 버릇처럼 자신의 냄새를 맡았다

담은 운전을 하면서도 고개 숙여 버릇처럼 냄새를 맡았다. 물론 지금도 자기 몸에서 나는 냄새를 확인하긴 힘들었다. 세상 끝이 오기 전에도 담은 몸에서 악취가 나는 일을 했다. 하수관에 쌓인 퇴적물을 청소하고 노후된 관을 수리하는 일이었다. 떠벌리며 자랑할 정도는 아니었지만, 준설원이라는 직업에 긍지도 있었다. 여러 일을 전전하다 얻게 된 일자리라 애착도 컸다.

퇴적물을 걷어 내고 담은 물청소도 말끔하게 했다. 돈이 더 나오는 것도 아니었고 몸만 힘들었다. 동료들은 비웃었지만, 담은 뒤처리까지 깔끔하게 해야 직성이 풀렸고 그런 작업 스타일을 고수했다.

그러나 일을 할수록 담은 자신의 일이 부끄러워졌다. 아니 그러길 강요당하는 기분이었다. 시민들의 통행에 불편을 준다는 이유로 야간 작업 지시가 내려왔을 때, 시급으로 계산되던 월급이 재료비로 책정된다는 사실을 알았을 때, 퇴직금을 주지 않으려고 3개월 단위로 계약을 하고 며칠씩 쉬도록 강요받았을 때, 손에 쥐어지는 돈이 적다는 사실보다 꼼수와 행태가 모멸감을 줬다. 담은 그 일을 5년 동안 했다.

담은 주로 주택가에 있는 하수관거를 청소하고 수리했다. 몸집이 작고 날래지 않으면 지름 80센티미터도 안 되는 하수도관을 기어 들어가는 일은 애당초 불가능했기에 그 일은 오롯이 담의 몫이 됐다. 그 점에서 담은 자신이 준설원 B조 가운데서 가장 중요한 사람이라고 제멋대로 생각했다.

이 모든 것은 맨홀 아래, 지하에서만 통용됐다. 일을 마쳐도 변변히 씻을 곳조차 허락되지 않았다. 샤워실이 구비된 공공기관조차 난색을 표했다. 대중목욕탕이나 찜질방은 생각도 할 수 없었다. 담은 작업 차 호스로 물을 틀어 놓고 몸을 닦았다. 날이 추워지면 그마저도 여의치 않았다. 이를 딱딱 부딪치며 얼굴이나 손 정도만 대충 씻고 가져온 옷으로 서둘러 갈아입었다.

몇 년을 굴러먹은 노숙자보다 더 지독한 냄새가 났다. 곁에 있던 사람들은 서둘러 자리를 물러섰다. 다른 작업자의 자동차를 얻어 타기도 했지만, 담은 자주 집까지 걸어갔다. 물 묻은 머리카락이 빳빳하게 얼어붙었다.

야간 작업을 할 때면 담은 출근하는 직장인들 틈에 섞여 퇴근했다. 그들에게선 향긋한 샴푸나 섬유유연제 냄새가 났다. 담은 그들을 똑바로 바라보지도 못한 채 흘긋댈 뿐이었다. 신호등이 바뀌기 무섭게 횡단보도를 바삐 건너는 사람들, 지하철을 타려고 계단을 내려가는 사람들, 버스 정류장에 서 있는 사람들, 돌이켜보니 그때도 그들은 저들끼리 무리 지어 걸었다. 담은 홀로 멀찌감치 떨어져 걸었다. 누군가의 눈에 띄지 않도록 벽에 붙다시피 걷는 게 버릇이 됐다.

담의 키는 평균치에 한참 못 미쳤고 넙데데한 얼굴에 이목구비는 희미했다. 걸음걸이는 우스꽝스러웠다. 걸음마를 떼던 시절, 치명적인 결함으로 교정 불가한 걸음걸이를 갖게 된 거 아닐까 싶을 정도였다. 두 손은 가관이었다. 손을 어디에 둬야 할지 모르는 사람처럼 흔들었는데, 허우적대는 것처럼 보였다. 쇼윈도에 비친 자신의 모습을 담은 늘 외면했다. 그는 고개를 숙인 채 자신의 그림자를 보며 걸었다. 그림자는 평등했다. 남루한 행색도 외모도 그림자에선 드러나지 않았다. 더구나 그림자에선 냄새도 나지 않았다.

세상 끝날, 담은 지하철 공사를 하다가 터진 하수도관을 수리하기 위해 지하에 내려가 있었다. 원래 지하철 공사장 쪽 일은 최 씨가 담당했다. 그날 최 씨는 몸이 아파 결근을 했다. 유독가스 때문인지 오물 때문인지 피부가 벌겋게 일어나더니 입안마저 헐었다. 밥은 못 먹고 술만 삼키더니 드디어 앓아누운 모양이었다.

별수 없이 담이 내려갔다. 밧줄에 묶여 20여 미터를 내려왔다. 바닥엔 퇴적물과 오물이 가득 차 있었다. 매번 하는 일이지만 발을 내딛는 것은 늘 꺼려졌다. 허벅지까지 올라온 고무장화를 신고 있었지만 별 도움이 되지 못했다. 전신 방오복을 입어야 했으나 거추장스러워 일을 할 수 없었다. 곧이어 내려 받은 오물 흡입 호스를 두 손으로 꼭 붙들었다. 호스의 주둥이를 바닥으로 향하게 했지만 흡입이 시작되자 자꾸 위로 솟았다. 쉭쉭 소리를 내며 치솟아서 하마터면 놓칠 뻔했다. 그 바람에 머리까지 오물이 튀었다. 물이 가득 차 있어 더욱 그랬다. 양수기를 내려 달라고 했다.

"옹벽이 약해. 무너질 수도 있어. 꾸물거리지 말고 빨리빨리 좀 하라고."

관리소장이 채근하며 신경질적으로 소리를 질러 댔다.

"서두르고 있어요."

대답은 했지만 담의 목소리가 닿지는 않았다. 상관없었다. 담은 곧이어, 내려 받은 양수기로 물을 빼냈다. 일할 수 있는 공간이 확보됐다. 바닥에 남은 진흙과 오물이 무릎 밑까지 내려앉았다.

삽을 든 권 씨가 허리춤에 줄을 매달고 내려왔다. 담은 흡입 호스를 잡고 바닥의 진흙과 오물 덩어리에 가져다 댔다. 처리되지 못한 덩어리진 오물은 권 씨가 삽으로 호스 주둥이에 밀어 넣었다. 호스는 거대한 생명체 같았다. 티비에서 본 아나콘다 같았다. 두 손으로 꼭 잡고 누르고 있어도 자꾸 위로 치솟고 바닥을 꿈틀거리며 기어가려는 것만 같았다. 제멋대로 움직이고 끊임없이 출렁대는 호스를 붙잡느라 담의 손목은 시큰거렸고 허리는 끊어질 듯 아팠다. 등엔 땀이 찼다. 습하고 불쾌한 냄새가 콧속으로 훅훅 밀려 들어왔다. 쌓였던 퇴적물이 사라져 가는 모습은, 담에게 성취감을 줬다.

마침내 하수관이 모습을 드러냈다. 권 씨가 흡입 호스를 정리하는 사이, 담은 기중기에 노후한 하수관을 끼워 위로 보냈다. 권 씨와 함께 새로 내려 받은 새 하수관으로 교체했다. 순조롭게 끝이 난 셈이었다. 그들이 올라갈 작은 구멍만을 남기고 지상의 덮개는 모두 덮어졌다.

담은 권 씨에게 먼저 올라가라며 손짓을 했다. 권 씨는 혀를 쯧 차더니 담의 어깨를 툭 쳤다. 권 씨가 먼저 줄을 타고 올라갔다. 권 씨의 바지 뒷주머니에 꽂혀 있던 원통 모양의 작은 손전등이 아래로 떨어졌다. 담의 얼굴을 아슬하게 스치고 그의 장화 발등 위로 떨어졌다.

권 씨가 무사히 지상으로 올라가는 모습을 끝까지 지켜보고 나서야 담은 권 씨가 떨어뜨린 손전등을 자신의 주머니에 쑤셔 넣고 줄을 잡았다. 스프레이 래커로 대충 그어 놓은 10미터 표시금을 넘는 것까지 봤을 때다. 핑음이 들렸다. 두 손으로 꽉 잡았던 줄이 느슨해지나 싶더니 옹벽이 출렁였다. 거칠게 절단되어 있던 철근과 자갈이 뒤섞인 시멘트 벽에 귀와 이마가 부딪히고 쓸리다가 담은 바닥으로 곧장 떨어졌다.

이대로 죽는구나. 떨어지는 시간은 얼마나 될까. 지나간 인생이 그야말로 주마등처럼 펼쳐졌다. 변변한 연애 한번 못 했는데, 돈을 아끼느라 제대로 먹지도 못했는데, 두 다리 쭉 뻗고 잘 수도 없는 고시원에서, 반지하 방에서 소리 죽여 살았는데. 왜 그렇게 살았을까. 이렇게 죽으면 그만인데, 왜 그렇게 아득바득 살아왔던 걸까. 담은 바닥으로 내동댕이쳐지면서 머리를 심하게 부딪히고 말았다.

정신이 들어 자리에서 일어섰을 땐 머리가 몹시 아팠다. 죽지 않았다는 사실이 기뻤지만, 한 치 앞도 내다볼 수 없는 짙은 어둠이 두려웠다.

"살려 주세요. 여기 사람이 있어요."

담은 몸을 덜덜 떨며 간신히 소리를 질렀다. 아무도 그를 찾으러 내려오지 않았다. 어쩌면 그가 아래에 있다는 것을 모두 깜박 잊은 건지도 몰랐다.

한번은 작업을 마치고 두고 온 연장이 생각나 되돌아간 사이, 맨홀 뚜껑이 닫힌 적이 있었다. 맨홀 뚜껑을 밀어 내려 했지만, 꿈쩍도 안 했다. 동료들이 장난치는 거라 여겼다. 시간이 지나자 이건 장난이 아닐지도 모른다고 생각했다. 그의 생각이 맞았다. 동료들은 정말 담의 존재를 잊은 것이다. 그들이 철수하기 무섭게 차 한 대가 맨홀 뚜껑 위로 주차를 했다.

동료들은 늘 가던 순대국밥집에 자리를 잡았다. 송 조장이 담은 왜 안 왔냐고 물었다. 권 씨는 담이 하수도관에서 주운 금반지를 팔러 간 모양이라고 대답했다. 하수도관을 청소하다 보면 가끔 동전을 주워 커피나 뽑아 먹었다. 그날은 담이 금반지를 주웠다. 흔치 않은 행운이었다. 거하게 회식을 해야겠다고 했다. 국밥이 나오고 술잔이 서너 번 돌아도 담은 오지 않았다. "지 혼자 먹은 거 아니야."라며 최 씨가 투덜거렸다. 그때 권 씨 호주머니에서 반지가 나왔다.

동료들은 맨홀 위에 떡 버티고 주차해 놓은 차 주인을 전화로 불러내고 뚜껑을 당겨 열었다. 술 냄새를 풍기는 동료들은 오들오들 떨고 있는 담을 손전등으로 비춰 가며 키득댔다. 담은 무척 화가 났지만 갑자기 웃음이 터지는 바람에 불평을 늘어놓지 못했다.

담은 그런 일이 또 생긴 거라 생각했다. 그러면서도 지하철 공사장이니 다른 통로가 또 있을지도 모른다고, 그러면 쉽게 밖으로 나갈 수 있으리라 생각했다.

그는 몸을 낮게 엎드려 바닥을 더듬었다. 밀도 높은 어둠에 눈을 감은 건지 뜬 건지조차 분간이 안 됐다. 처리 못 한 침출토가 손가락 사이로 축축하게 잡혔다. 권 씨의 손전등이 어딘가에 있을 거였다. 조심한다고 했지만 담의 얼굴과 어깨가 튀어나온 철근과 옹벽에 생긴 절리에 긁히고 부딪혔다. 손전등의 뭉툭하고 짧은 손잡이가 집히자 담은 안도했다.

담은 손전등 불빛에 의지해 지하 통로를 찾아 밖으로 나가는 길을 모색해 보기로 했다. "옹벽이 무너질 수 있다."라던 관리소장의 말이 떠올랐다. 실제로 벽이 무너져 통로가 막혀 있었다. 좁은 하수도관으로 기어 들어가는 수밖에 없었다. 벽면에 몸을 붙이고 허리를 잔뜩 구부린 채 발을 뗐다. 얼마 못 가 귀가 울리고 속이 메슥거렸다. 담은 필사적으로 콧노래를 흥얼거렸다. 그렇게 하지 않으면 정신을 잃을 것 같았다.

담이 하수도관을 빠져나와 굴착 작업 중인 지하 철로를 헤맨 건 46시간 동안이었다. 벽에서 흘러나오는 물을 추위에 곱은 손으로 받아 먹었다. 오수가 분명했지만 맛은 달았다.

담이 지상으로 올라왔을 때, 세상은, 아니 인간들은 종말을 맞은 후였다. 사람들은 모조리 시체가 돼 있었다. 담은 여러 곳에 전화를 걸어 보았다. 119, 112는 물론이고 그와 함께 일하는 송 조장도, 그리 원만치 않은 인간관계를 가진 휴대폰 일지언정 100여 개가 넘는 번호가 저장되어 있는 그 어떤 번호에도 직접 사람이 받는 경우는 없었다.

　담은 포털사이트에 있는 시시티브이 교통정보를 인터넷이 연결되는 마지막 순간까지 들여다봤다. 사람이 직접 운전하는 차는 보이지 않았다. 줄지어 걷는 자들과 목줄을 한 개 몇 마리가 도로 위를 뛰어다닐 뿐이었다.

화이는 죽은 자들이 두려웠다

　영화 속 좀비처럼 물어뜯지 않는다는 것을 인지하고 나서
도 화이는 죽은 자들이 줄지어 걸어 다니는 곳으로 나서기
겁났다.

　막상 밖으로 나와 그들 사이를 걸어 다녀 보니 그들은 아
무것도 아니었다. 걷는 시체들은 걷는 것만이 목적인 듯 보였
다. 걷는 것만으로도 너무 분주해 '살아 있는' 화이까지 신경
쓸 겨를이 없어 보였다.

　화이는 P의 안부가 궁금해졌다. 실은 늘 궁금했다.

　화이는 P가 이사했다는 아파트를 찾았다. 비밀번호를 누
르지 않으면 출입할 수 없다는 사실에 좌절했다. 뉴스에서 봤
던 기억을 떠올려 전기충격기로 문을 열려고 했으나 실패했

다. 결국 화이는 꽤 많은 시간과 노력을 들여 도어록을 뜯어내 문을 열었다.

P의 아파트로 들어서면서 화이는 위화감을 느꼈다. 시체가 되어 버린 P의 와이프도, 그녀를 뒤따르며 줄지어 서서 걷는 다섯 살, 세 살 아이도. 잘 꾸며지고 정리된, 너무도 큰 평수의 내부 인테리어, 작은 소품 하나까지, '살아 있는' 화이의 기를 죽였다. 시체가 되어 버린 아이들도 괴이하다기보다는 사랑스럽게 느껴졌다. 두 아이는 P의 와이프 뒤를 졸졸 따라다녔다. 살아 있을 때도 이렇게 뒤를 따랐겠지. 화이는 P의 와이프 곁을 따라 걷다가 문득 생각난 듯 P의 와이프 배 위에 손바닥을 가져다 댔다. 그럴 리 없지만 어떤, 무언가의 느낌이 찌릿하게 전해지는 것 같았다. 화이는 소름이 돋아 얼른 손을 뗐다.

화이는 그들이 부러웠다. 그 틈에 왜 자신은 끼지 못하는지 분한 마음마저 들었다. 이전에도 저들과 같은 삶을 살지 못했고, 앞으로도 누리지 못할 게 분명했다. 문득 화이는, 저 아이들이 자기 뒤를 따른다면 얼마나 좋을까 싶었다. 화이는 마음이 이토록 혼란스러운 이유를 알 수 없었다.

화이는 그들이 쓰는 화장품과 향수도 살펴봤다. P에게서 나던, 미치도록 매력적이던 향기가 고작 이 작은 향수병 하나에서 해결되는 거였다니. 화이는 검정 유리병에 담긴 향수를 주머니에 넣었다.

화이는 드레스룸에서 P의 와이프가 입던 옷을 꺼내 대 봤다. 사이즈가 맞지 않는 작은 구두에 억지로 발을 끼워 넣어보기도 했다. 신데렐라의 언니가 된 심정이었다. 발가락을, 뒤꿈치를 잘랐던 언니. 화이는 신데렐라의 언니가 가여웠다. 그렇게라도 왕자의 사랑을 받고 싶었던 간절함이 딱했다.

다시 거실로 나와 벽에, 소파에, 티브이에, 테이블에, 몸이 부딪히면서도 끊임없이 걷는, 줄을 이룬 채 걷는 그들을 바라보면서 화이는 진짜 P를 통해 원했던 것이 무엇이었는지, 실체에 조금 더 가까이 다가가는 느낌이었다.

화이는 P의 와이프가 입었던 옷, 그러니까 화이를 만나러 온 날 입었던 검정 원피스를 입었다. 가슴부터 A라인으로 퍼지는 스타일이었다. 하지만 화이가 입으니 어깨는 위로 솟고 팔은 꽉 껴 몸은 둔하고 부해 보였다. 품이 넉넉해 보이는 코트를 원피스 위에 걸쳐 입고서야 화이는 백화점으로 돌아왔다.

한동안 멈췄던 쇼핑을 화이는 다시 했다. 백패킹용품으로 나온 헤드 랜턴을 하고, 1층 명품관과 2, 3층 숙녀복 매장에서 걸어 다니는 시체들 사이를 누비며 맹렬하게 물건을 담았다. 직원들이 창고에서 쓰는 카트를 밀고 다니며 가방을, 목걸이를, 반지를, 시계를, 코트를, 구두를, 원피스를 담았다. 8층 생활용품관에서 벽시계를, 도자기 인형을, 작은 분수대를, 매트를 담았다. 그러다 문득, 물건을 선택한 기준이 P의 와이프라는 걸 깨달았다. 이런 세상이 오기 전에도, 이후에도 화이의 선택 기준은 '가격'이었다. 그런데 P의 아파트를 다녀오고 나자, 이번엔 기준이 P의 와이프가 되어 버린 것 같았다. 그녀라면 이런 걸 했겠지 싶은 것들, 어쩐지 어울려 보이는 것들, 그런 것들을 골라 담았다. 화이는 그걸 다시 커다란 백팩에 옮겨 담고 들어가지 않는 건 카트에 그대로 뒀다. 녹초가 된 화이는, 자신의 숙소가 된 브이아이피룸까지 메고 올라갔다. 여느 때와 같이 테이블 위에 늘어놓았다. 그녀 자신의 것 같다는 생각은 들지 않았다. 도둑질한 물건처럼 보였다. 꾸역꾸역 야식을 먹은 것처럼 속도 더부룩했다. 그뿐 아니라 3주 가까이 숙식을 해결하고 있는 백화점 브이아이피룸도 편치 않았다. 익숙해질 만도 했지만, 절대 '집'처럼 느껴지지 않았다.

백화점 층마다 걸어 다니는 시체들은 에스컬레이터에서 밀려 아래로 떨어지기도 했지만 지하엔 밖으로 나가지 못한 채 걷는 자들이 갇혀 있었다. 식료품점과 식당가 음식이 상하면서 악취가 올라오기 시작했다. 한번은 먹을 것을 찾으러 지하 매장으로 무심코 내려갔다가, 바퀴벌레 떼와 쥐 떼가 새카맣게 몰려 다니는 것을 보고 비명을 지른 적도 있었다. 이제 더는 백화점 내부에서 지내기 힘들었다. 화이는 캠핑용품들을 루프탑으로 옮겨 놓았다. 날씨는 변덕스러웠다. 눈이 내리기도 하고, 느닷없이 비가 내리다가 살을 에는 추위가 지속되기도 했다. 브이아이피룸의 샤워실이 완비된 화장실도 그녀가 살던 원룸처럼 하수구가 막히고 물이 역류할 것이다. 어서 빨리 다른 살 곳을 찾아야 했지만 엄두가 나지 않았다.

화이는 900만 원이 넘는 거위털 패딩을 입고 90만 원 짜리 모자를 쓰고 70만 원짜리 쌍안경으로 백화점 주변을 살펴보았다. 시체들만 걸어 다니는 이 도시 한가운데서 홀로 살아남은 것이 행운인지 불행인지에 대해 생각했다.

정말 살아남은 사람이 없는 걸까. 화이는 살아 있을 누군가가 더 없을 것 같아 두려웠다. 그러면서도 '누군가' 더 있을까 불안했다. 정체를 알 수 없고 실체를 알 수 없는 누군가가 있다면 그 사람은 이 모든 일을 계획한 악인일 것 같았다. 그것이 합리적인 생각이 아닐지라도 살아남은 자는 강간범이거나 살인자, 미치광이, 알코올중독자일 것만 같았다. 화이에 대해 쓰인 악의적인 커뮤니티 글을 이미 본 사람이라서, 그녀를 보자마자 손가락질할지도 모른다는 생각에 이르면 누구든 두려웠다.

화이가 매일 쌍안경으로 주변을 둘러봤던 건, 살아 있는 사람이 나타나기를 바라는 마음보다는 경계하는 마음이 더

컸는지도 몰랐다. 그렇지 않고서야, 백화점 앞에 서서 그녀를 향해 손을 흔들고 소리 지르는 담의 모습을 봤을 때 반가움보다는 공포심을 먼저 느꼈던 이유를 해석할 수 없었다.

저럴 필요가 있을까 싶을 정도로 담은 너무도 큰 목소리로 "안 돼요. 떨어지면 안 돼요. 사람이 있잖아요. 당신처럼 살아 있는 사람이 있잖아요."라고 외치고 있었다. 필사적이었고 나중엔 울먹이기까지 했다. 화이는 도망갈까도 싶었지만, "제가 올라갈까요?"라는 담의 말에, 항복한다는 듯 두 손을 번쩍 들었다.

"아뇨, 제가 내려갈게요."

화이는 떨리는 목소리로 말했다. 화이는 비상계단으로 뛰다가 곧이어 천천히 걸어 내려가면서도 고민을 멈추지 않았다. 왜 옥상에 올라 자신을 아무렇게나 노출시켰는지, 그런 자신에게 화가 났다.

화이는 명품관을 가로질러 백화점 정문 앞으로 나갔다. 담은 울고 있었다. 왜 우는 걸까, 화이는 의아했다.

"고맙습니다. 살아 계셔 주셔서, 이렇게 내려와 주셔서…… 정말 감사합니다."

고마울 일인가. 화이는 숨김없이 자신의 감정을 내보이는 담이 이상했다. 오랜만에 사람의 목소리를 들어서 그런지 그가 지껄일 때마다 귀가 아프기도 했다. 50일 만에 살아 있는 사람을 처음 만난 화이는 두 손으로 귀를 감쌌다.

담은 가슴이 뛰었다

담은 가슴이 뛰었다. 실로 오랜만의 일이었다. 백화점 옥상
에 서서 긴 머리칼을 나부끼며 서 있던 화이의 실루엣은 눈
부셨다. 화이는 그곳에서 아래까지 단숨에 뛰어 내려왔다. 하
얀 입김을 내뿜으며 가쁜 숨을 몰아쉬었다. 땀이 흐르는 이마
에 머리카락이 붙어 있는 것도, 발갛게 상기된 화이의 두 볼
도, 자신의 이름을 말하는 떨리던 목소리도, 다 눈부셨다. 담
으로선 처음 경험하는 일이었다.

아마도 살아 있는 사람을 처음 만났기에 그런 거라 담은
이해했다. 늙든 젊든, 여자든 남자든 상관없이, 50여 일 만에
처음으로 살아 있는 사람을 마주하게 된다면, 누구든 가슴
뛰었을 것이다. 화이도 자신과 같은 생각일 거라 믿었다.

담은 스스로를 말주변이 없다고 생각했지만 화이를 만나
자 수다스러워졌다. 반면에 화이는 말수가 없었고 경계하는
눈빛을 보였다.

편의점에서 가져온 즉석밥과 통조림 반찬이 전부인 늦은
점심 식사였지만, 화이와 함께 먹었다. 분위기는 좋았다고 담
은 생각했다.

"보고 결정하세요."

식사를 마치자 담은 화이에게 집을 보여 줬다. 담은 화이
가 옆집에 살기를 간절히 바랐지만 드러내지 않으려 노력했
다. 객관성은 유지하되 집의 장점만 노련하게 설명하는 부동
산 중개인처럼 굴고 싶었지만 원래 자기 집이라도 되는 양 우
쭐한 마음이 더 컸다.

화이는 3동과 2동을 둘러보더니 "2동이 좋겠어요."라고 말
했다. 3동은 출입구에서 가까웠고 2동은 담이 있는 1동과 이
웃해 있었다.

화이는 짐을 챙겨 와야겠다고 했다. 담이 데려다주려고 했
지만 화이는 난처한 표정을 지었다. 대신 담의 차 키를 받아
들었다.

화이가 가자, 담은 분주히 움직였다. 2동의 모든 창을 열어
환기를 시켰다. 냉장고를 가동시키고 화이가 먹을 만한 음식
과 물을 넣어 뒀다. 이미 청소를 다 해 놓았지만 다시 쓸고 닦

았다.

그리고 자신의 집인 1동으로 돌아와 창문 앞에 놓인 의자에 앉아 밖을 내다봤다. 화이가 오지 않으면 어쩌나 걱정이 됐다.

세상이 망하기 몇 해 전, 담은 이 집으로 하수관 청소를 하러 온 적이 있었다. 원래 송 조장이 맡은 일이었다. C바이러스에 감염된 송 조장 대신 담이 가게 됐다. 연구 동의 '관리인'이라는 사람은 '어쩔 수 없는 일'이라고 하면서도 불만스러워하는 표정이었다.

"송 조장을 통해 달리 들은 말은 없었나요?"

담은 고개를 저었다. 별다른 정보는 없었다. 하루 일당 두둑히 챙겨 주는 아르바이트인데 한번 해 보겠냐고 해서 온 것뿐이었다.

"우린 이렇게 일을 하지 않아요. 아무나 드나들게 하지 않는다고요."

관리인은 양미간을 찡그리더니 팔짱을 낀 채 골똘히 생각에 잠기는 듯했다. 뒤돌아 휴대폰으로 어딘가에 전화를 걸었다. 소곤대며 통화를 하더니 담에게 잠시 기다리라 하고는 철문 옆 쪽문을 열고 안으로 들어갔다.

담은 주변을 둘러봤다. 빗물펌프장의 철문은 녹슨 쇠사슬에 감긴 채 닫혀 있었다. 한참 뒤, 관리인은 종이 한 장을 들고 나왔다. '각서'라고 했다. 여기는 정부가 관리하는 '연구동'이기 때문에 이곳에서의 일, 계약관계, 위치에 대한 발설을 절대 하지 말아야 한다고 했다. 휴대폰도 전원을 끄고 반납했다.

담은 철문 앞에 주차되어 있던 관리인의 짙게 선팅된 소형차로 옮겨 타고, 회사에서 빌려 온 장비도 트렁크에 실었다. 한적한 곳에 위치한 변전소 앞에서 내렸다. 그곳 역시 두꺼운 철문을 열고 안으로 들어가더니 지하로 내려가 긴 통로를 한참을 걷다가 계단을 통해 다시 위로 올라갔다.

지상으로 나오자 아까 탔던 것과 같은 차종의 소형차가 기다리고 있었다. 관리인은 다시 그걸 운전했다. 그리고 도착한 곳은 빗물펌프장의 다른 방향으로 난 출입구가 분명해 보였다.

"여기 방금 봤던 그 건물 아닌가요?"

허를 찔린 듯한 표정의 늙은 관리인은 '헛' 하고 웃었다.

"절차라 어쩔 수 없습니다."

그러곤 빗물펌프장 건물을 따라 걸었다. 보기와 달리 안은 꽤 넓었다. 오래도록 비어 있었던 것으로 보였다.

"여기 계신 분들은 모두 연세가 많으십니다. 그만큼 걱정도 많으시죠. 사설 보안업체에도 못 맡기세요. 거기서 일하는 젊은 애들을 어떻게 믿겠냐는 거죠. 덕분에 저만 이렇게 일이 많아졌지만……."

누구에게든 신세한탄을 하고 싶었던 것인지, 관리인은 말을 늘어놓다가 돌연 입을 꾹 다물었다.

만약 그렇게만 일을 했다면, 담은 관리인이 말해 준 대로 그저 보안이 철저한 국가 시설 가운데 하나라고 생각했을 것이다. 그날 담은 연구 동이라는 건물 안은 들어가 보지도 못했다. 지하를 통해 하수도관만 봤을 뿐이다. 정기적인 관리를 하고 있다더니 연식에 비해 매우 깔끔했다. 상수도관마저 지하수를 끌어다 써서 개별적인 정수 시설을 마련해 오직 연구 동만이 사용할 수 있도록 만들어져 있는 것 같았다. 국가 시설이니 그럴 수도 있는 거라고 담은 이해했다.

예상보다 꽤 많은 수입을 얻은 담은 며칠이 지나고 송 조장에게 술을 냈다. 송 조장이 취해서 한마디 했다.

"내 보기에 거기 국가 시설은 절대 아냐. 개인이 사는 주택이 분명해. 정부와 긴밀한 관계를 맺고 있는 돈 많은 개인이겠지만. 동네 토박이라는 양반들도 거기 그런 집이 있다는 걸 모르더라고. 서너 가구 정도 사는 것으로 아는데, 상하수도는 물론이고 가스며 전기며 다 독자적으로 해결할 수 있게 만들었어. 전쟁이 나도 거기만은 끄떡없을걸. 모르긴 몰라도 핵이 터져도 거기 사는 사람들은 살아남을 거야."

송 조장의 말은 대부분 맞았다. 세 가구가 있었고 사람이 거주하는 건 두 가구였다. 전쟁을 겪은 세대가 전쟁이 일어나도 안전하게 살 수 있도록 만든 집으로 보였다.

한 가구는 깔끔하게 정리되어 있었으나 장기간 비어 있었던 것 같았고 두 가구는 비슷한 연배의 노부부가 살고 있었다. 그곳에 누군가 살고 있다는 것을 안다 해도 밖에서 봤을 땐 그저 연구원 가족이 사는 사택처럼 보였으리라. 단층 건물 세 동으로 이뤄져 있었고 건물마다 작은 중정이 안에 있었다. 외부 창은 넓지 않았다. 주변으로는 수령이 꽤 되는 소나무가 빽빽하게 심겨 있었다.

담은 의자에 앉아 오래도록 밖을 내다보며 화이를 기다렸다. 날이 어두워졌으나 화이는 돌아오지 않았다. 내일은 오겠지, 담은 긍정적으로 생각하기로 했다.

담은 거실에 불을 켜 둔 채로 침실 문을 열었다. 이제는 익숙해진 냄새, 따스한 기운이 몸도 마음도 포근하게 만들어 주었다. 아침에 벗어 침대에 걸쳐 놓은 실내복으로 갈아입고 다시 거실로 나왔다. 더 이상 남의 집 같지 않았다. 담은 이 집에 살던 노인이 입던 옷을 입고, 먹던 음식을 먹고, 생활용품을 그대로 썼다. 드레스룸 어디에 여름옷이 있고 겨울옷이 있는지, 주방 옆 식료품실 어디에 쌀이 있고 어디에 천일염이

간수 중인지 이제는 다 알았다. 오랜 기간 건설업을 해 왔고 여전히 현직에 있던 79세 노인에게 서재는 책을 읽는 곳이라기보다는 오수를 즐기거나 인터넷 바둑을 두는 곳이었다. 노인의 아내는 75세로 한때 유치원에서 원장으로 있었고 퇴직 뒤엔 동양화를 배우고 시를 배우고 수영을 배우고 치매 예방을 위해 체스를 배우는, 그렇게 무언가를 줄곧 배우고 즐기면서 분주하게 살았다는 것도 알 수 있었다.

첫째 아들은 독일로 유학을 갔고 거기서 독일인 여자를 만나 아이들을 낳았다. 곧 한국으로 돌아올 예정이었고 비어 있던 3동에 살 계획이었다. 둘째 딸은 유치원을 물려받아 원장으로 일하고 있었으며 성형외과 의사인 사위와 자주 놀러 왔다. 셋째 아들은 지금 미국에서 직장을 다니고 있었다.

이들은 자주 왕래했고 형제끼리 시기하지 않았으며 관계가 돈독했다. 노인은 바람을 피우지 않았고 술을 과하게 하는 경향이 있었으나 절제하는 습관을 들이고 있었다. 정기적으로 개인 PT를 받으며 운동을 하고 있었다는 것이, 노인이 쓴 일기와 아내가 쓴 메모, 그리고 자식들이 보낸 카드를 근거로 알게 된, 이 집의 이야기였다.

돈이 많으면 가족 간에 불화가 있다는 건 허상이란 생각이 들었다. 돈이 전부가 아니라는 말도.

담은 돈이 전부인 가족과 살았다. 그 '전부'가 없어 불행했다. 돈이 많았다면 아버지가 그런 일을 할 이유도, 결국 어머니가 집을 나갈 일도 없었을 것이다. 무난하고 평범하게 살기 위해선, 보통보다는 조금 더 많은 돈이 있어야 했고, 행복한 삶을 누리려면 그보다 더 많은 돈이 있어야 한다고 담은 생각했다.

담은 소파에 기대앉아 눈을 감았다. 예전 일에 비하면 지금 하는 일은 아무것도 아니었다. 여가 활동 정도였다. 그럼에도 하루 일을 마치고 나면 몸이 무거웠다. 담은 저녁을 때우고 뜨거운 물에 샤워를 하고 난 뒤, 깨끗한 침대에 누워 프로레슬링 디브이디를 보다가 잠이 들었다. 고작 이 정도가 담에겐 안락하고 편안한 일상으로 느껴졌다.

담은 그동안 여러 일을 전전했다. 진입이 쉬운 일엔 그만한 이유가 있었다. 오래 할 수 없는 일이 대부분이었다. 실수를 하면 생명과 직결되는 상해를 입는 험한 일이었다.

그 가운데 최근까지 했던 준설원 일은 좋은 편에 속했다. 월급도 그랬지만 동료들과의 관계도 괜찮았다. 특히 조장인 송은 그에게 많은 것을 알려 줬다. 통장을 만드는 법부터 산재 보험을 신청하기 위해선 어떤 서류가 필요한지, 정규직이 되고 싶거나 혹은 설비사라도 차리고 싶다면 어떤 자격증이나 기술을 익혀 놓는 것이 유리한지, 누구는 잘 보이는 게 좋지만, 어떤 이는 무시해도 상관없다는 것까지 하나하나 일러 줬다.

담이 유일하게 존경하는 이도 송 조장이었다. 30년 경력의 송 조장은 아파트 하수도관 전문이었다. 그 일은 기술뿐 아니라 감이 있어야 했다. 층수가 높고 세대가 많을수록 하수도관은 더욱 복잡하게 얽혀 있었다. 송 조장이 가리킨 관의 윗부분을 전기드릴로 도려내면 정말로 그곳엔 기름 덩어리와 오물이 틀어막고 있었다. 송 조장은 오물을 걷어 내고 분사노즐을 집어넣었다. 분사된 물이 역류해 오물과 함께 얼굴에 쏟아지기도 했으나 송 조장은 당황하지도 않고 얼굴을 찡그리지도 않았다.

살아남은 자가 송 조장이었다면 얼마나 좋았을까 생각하니 목이 멨다. 담은 그렇게 소파에 누운 채 설핏 잠이 들었다. 잠결에 자동차 들어오는 소리가 들렸다. 드디어 왔구나, 담은 나가서 화이를 반겨 주고 싶었지만 쏟아지는 잠을 이기지 못했다.

3장

화이는 잠이 쏟아졌다

새로운 집에 오자 화이는 이상하게 잠이 쏟아졌다. 남이 살던 집이니 무엇이 어디에 있는지 알 수 없고 낯설어야 했으나 침대에 눕자마자 곯아떨어졌다.

요의를 느끼거나 배가 고플 때 잠깐씩 일어났다. 주방을 뒤져 배고픔이 가실 정도로만 먹고 다시 침대에 누웠다.

아침마다 어디선가 알람이 울려 댔지만 도대체 어디서 나는 소린지 알 수 없었다. 소리를 찾아다니는 대신 화이는 알람이 지쳐 끊길 때까지 이불을 머리끝까지 끌어당겼다.

그렇게 이틀 낮과 밤을 보내고, 블라인드 사이로 하얀빛이 들어왔다. 그리고 아주 신경질적으로 문 두드리는 소리가 났다.

"아픈 거예요? 아직도 자나요?"

담의 목소리였다. 화이는 화들짝 놀라 일어났다. 멍한 눈으로 주위를 둘러봤다. 낯선 방, 낯선 냄새. 화이는 옷매무새를 가다듬고 현관 쪽으로 걸어갔다. 안전장치를 한 채 문을 열었다. 담은 화가 난 듯했다. 화이는 두려웠다. 이곳에 도착한 건 너무 늦은 밤이었다. 이튿날 그리고 그다음 날에도 담에게 인사하려 했지만 하필 화이가 깨어난 시간은 너무 늦은 밤이거나 지나치게 이른 새벽이었다. 그렇게 미루다 보니 시간이 지나 버렸다. 모자를 쓰고 제 것이 아닌 것 같은, 헐렁한 골프복을 입은 담의 얼굴은 벌겋게 달아올라 있었다. 담의 작은 눈은 날카로워 보였다. 무엇보다 담의 입냄새 때문에 화이는 잠시 숨을 참아야 했다.

"여태 잔 거예요? 병이라도 났어요, 며칠째?"

믿을 수 없다는 듯 담이 말했다. 화이는 잠긴 목소리로 겨우 대답했다.

"너무 피곤해서요. 죄송해요."

그러자 담은 난처한 듯 숨을 한번 몰아쉬더니 말했다.

"해야 할 일이 많아요. 일을 하러 가야 하는데."

"해야 할 일이 있나요?"

화이의 물음에 담은 어처구니없다는 표정을 지으며 항의하듯 말했다.

"당연하죠. 차가 다닐 수 있도록 도로를 정비해야 하고 생필품이며 식량도 챙겨야 하고…… 그리고 걷는 자들도 처리해야죠. 언제까지 시체들이 걸어 다니게 둘 수는 없잖습니까!"

갑자기 소리를 질러서, 화이는 놀랍고 당혹스러웠다. 화이가 고개를 살짝 돌리자 담은 잠시 입을 다물었다.

"피곤하시면 며칠 더 쉬셔도 됩니다만…… 여기가 숙박업소도 아니고."

애써 화를 참듯 음성을 낮춰 말하는 담의 말에, 화이는 얼굴이 달아올랐다.

"죄송해요. 그동안 너무 피곤했었나 봐요."

또다시 죄송하다고 말해 놓고, 화이는 문득 이게 미안한 일인가 싶어졌다.

"일이 많다고요. 안 나오시니까 신경이 쓰여서 제가 일을 제대로 할 수도 없고."

담은 신경질적인 목소리로 말했다. 그제야 화이는 걸쇠를 열어 문밖으로 나갔다. 담의 한쪽 손엔 장대가 들려 있었다.

"제가 하는 걸 보시면서 일을 익혀 가는 걸로 하죠. 괜찮죠?"

화이는 고개를 끄덕였다. 그러지 않겠다고 할 수가 없었다. 이 지경이 된 세상에서 도대체 해야 할 일이 뭐 그리 많은지 알 수 없으나, 어쨌든 덕분에 안정적인 집을 제공받았으니 담이 원하는 어느 정도의 일을 하는 건 당연하다는 생각도 들었다.

까마귀가 까악까악 울어 대는 소리가 들렸다. 화이가 고개를 올려다보았지만 보이지 않았다. 이에 맞춰, 우우우, 늑대 같은 개의 울음소리도 들렸다. 담은 자신의 발밑에 둔 묵직해 보이는 커다란 검정 배낭을 들어 화이에게 건넸다.

"여기 작업에 필요한 도구며 간단한 간식거리도 들어 있어요. 모자랑 마스크, 장갑은 쓰시는 게 좋을 겁니다."

화이는 가방을 받아 들었는데, 무게 때문에 무릎이 살짝 꺾였다. 발에 힘을 주어 몸을 바로 세우며 아무 말 없이 또 고개를 끄덕였다. 담의 표정은 활기를 찾은 듯했다.

"오늘부터 괜찮으시겠어요?"

"오늘부터요?"

화이가 눈을 둥그렇게 떴다.

"몇 분 뒤에 나오실 건가요?"

재촉하는 담의 말에 화이는 할 수 없다는 듯 한숨을 내쉬며 대답했다.

"곧이요."

"'곧'이라면, 몇 분 뒤를 말씀하시는 건가요?"

"20분, 아니 30분 뒤에 나갈게요."

"좋아요. 30분."

그러곤 담은 손목시계를 흘깃 보더니 뒤돌아섰다. 화이도 문을 닫고 집 안으로 들어왔다. 창문의 원목 블라인드를 슬쩍 눌러 밖을 내다봤다. 담은 천천히 걸어가더니 2동과 1동 사이에 있는 테이블 앞 작은 의자에 등을 기대앉았다. 2동을 뚫어지게 쳐다보더니 곧 팔짱을 끼고 눈을 감았다. 표정엔 만족감이 어려 있었다.

　화이는 가슴이 답답해져 왔다. 낯선 사람을 따라 온 것부터 실수란 생각도 들었다.

　화이는 담을 살펴보며 생각했다. 신경질적인 구석이 있어 보였지만 살인마처럼 보이진 않았다. 화이를 강간할 것 같아 보이지도 않았으나 그건 또 모를 일이었다. 무엇보다 화이를 힘으로 제압할 순 없을 것 같았다. 담은 화이와 키도 비슷했고 체격은 더 왜소해 보였다. 어쩌면 몸싸움에서도 이길 수 있을지 몰랐다.

　무엇보다 이 집이 화이는 마음에 들었다. 욕실엔 따뜻한 물이 나오고 전기도 들어왔다. 쾌적한 집을 빌려 쓰는 비용이라 생각하자 담에게 빚진 기분도 들지 않았다. 세상엔 공짜가 없으니까.

담은 걷는 자들을 처리하는 데 집중했다

담은 생각했다. 어느 정도 걷는 자들을 처리하면, 신선한 채소와 육류를 공급받을 수 있는 환경을 만들어야겠다고. 담은 전기가 끊기기 전, 마트를 돌아다니며 냉동 육류와 생선, 냉동식품을 연구 동 안에 설치한 냉동고에 쟁여 놓았다. 가장 잘한 일이라고 생각했다. 하지만 그것도 유효기간이 있었다.

아버지가 죽자 담은 시골에서 농사일을 하던 할머니네 집에서 살았다. 사춘기 시절을 그곳에 있으면서 할머니를 도왔지만 막상 농사를 짓는 건 자신 없었다. 그래도 해 볼 만하다고 생각했다. 쟁여 놓은 쌀을 비롯한 먹을거리를 생각하면 늙어죽을 때까지 먹어도 충분한 양이겠지만 신선한 채소나 과일은 늘 아쉬웠다.

한때 도심 농부 프로젝트로, 자치구별로 작은 논이나 밭을 강 주변에 일구는 것이 유행이었는데 그것을 활용하면 굳이 지방으로 옮기지 않아도 괜찮을 것 같았다.

담은 미래에 대한 계획을 거기까지 세우고 나서, 세균과 바이러스를 옮기고 있을, 걷는 자들을 처리하는 데 집중하기로 했다.

담은 순해 보이는 누런 개 한 마리를 육포로 유인해 데려와 키웠다. 강아지 티를 막 벗은 성견이었는데 다행히 담을 잘 따랐다. 담이 죽은 자들의 무리를 강물로 떠내려 보내는 동안 개는 다른 개 떼나 짐승들이 다가오지 못하도록, 그리고 까마귀 떼가 걷는 자들의 무리 위로 날아들어 희롱하지 못하도록 열심히 뛰어다니며 성실하고 사납게 짖어 경계를 섰다.

아무리 일을 해도 줄어들지 않을 것 같은 거리의 시체들을 바라보면 막막한 기분이 들었다. 섬 밖에서 안으로 들어오는 걷는 자들을 화이가 막겠다고 했다. 담이 걷는 자들을 강물에 빠뜨리는 동안, 화이는 다리 위에 바리케이드를 만들기 위하여, 그리고 작업 차의 이동이 용이하도록 차들을 이동시켰다.

준설원 B조의 무리를 강물에 빠뜨린 날은 우울했다. 송 조장이 앞에 서 있었다. 담은 송 조장의 등짝을 장대로 밀었다.

송 조장은 생각보다 등이 많이 굽어 있었다. 너무 세게 밀면 넘어질 수 있었다. 담은 평소보다 더 조심스럽게 장대를 가져다 댔다.

"먼저 가시는 거예요. 이젠 편히 쉬세요."

송 조장이 강물로 걸어 들어가는 동안 담이 말했다. 송 조장은 몸을 휘청거리며 강물 속으로 발을 디뎠다. 그의 가슴까지 물이 잠겼다. 송 조장의 팔이 위로 쑥 올라왔다. 부력 때문이겠지만 손을 흔드는 것만 같았다.

담은 무리를 따라 첨벙첨벙 강물을 밟고 들어갔다. 무릎이 잠기고 허리가 잠기고 심장이 멎을 것만 같은 얼음장 같은 물이 가슴께에 이르러서야 멈췄다. 무리 위를 떠도는 괭이갈매기의 앙칼진 소리가 비로소 그의 귀에 들어왔다. 담은 멍하니 서서 잠겨 들어가는 송 조장의 뒤통수를 바라봤다. 언뜻 송 조장이 그를 향해 고개를 돌린 것도 같았다. 담은 저도 모르게 흐르는 눈물을 손등으로 훔쳤다.

그날 담은 차가운 강물에 몸을 담근 채, 송 조장과 팀원들이 강물 속으로 사라지는 걸 끝까지 지켜봤다. 무리에서 떨어진 야생 오리 한 마리가 거리낌 없이 담 앞으로 자맥질하며 다가왔다. 선명한 초록 털이 까만 부리 옆에 호를 그렸다. 담이 손을 뻗자 오리는 진저리 치듯 두 날개를 활짝 펴 퍼덕이더니 날아올랐다. 그 바람에 담은 머리까지 물에 흠뻑 젖었다. 담은 뒤돌아섰다. 강가에는 까마귀 떼가 앉아 흙을 파헤치고 팔짝대며 돌아다니고 있었다. 담은 두 손을 허우적거리며 강둑까지 헤쳐 올라왔다. 오한으로 몸이 부르르 떨렸다. 젖은 옷을 손으로 툭툭 털어 냈다.

담은 손수레를 끌고 다니며 강둑으로 밀려온 시체 몇 구를 실어 구덩이에 밀어 넣고 태웠다. 걷는 자를 처리하는 담의 작업 스타일이었다. 시체의 배가 부풀어 오르며 밝은 불꽃이 타올랐다. 담은 젖은 옷을 말리고 몸을 녹였다. 구역질 나는 연기에 기침을 했다. 담은 침을 그러모아 땅바닥에 뱉고는 뒤돌아섰다. 14만 장의 황금빛 유리판으로 덮여 있다는 고층 빌딩에 주황색 해가 반사되면서 담의 눈을 찔렀다. 천상까지 쌓아 올리다 잠시 멈춘 황금탑처럼 보였다. 담은 눈을 감았다.

문득 담은, 자신이 시체들로 가득한 세상을 깨끗하게 만들어 갈, 새 세상의 '첫 사람'이란 생각이 들었다. 마지막으로 남은 사람이 아닌, 첫 사람으로 새롭게 시작하는 사람. 담은 가슴이 벅차오르는 걸 참을 수 없었다.

화이는 자동차를 이동시켜 다리를 막았다

　화이는 돌기가 달린 작은 망치로 운전석 창의 끄트머리를 있는 힘껏 내리쳐 유리를 박살 냈다. 차 안에서 끔찍한 냄새가 울컥 밀려 나왔다. 냄새는 여전히 적응이 안 됐다. 화이는 최대한 숨을 참은 채 손을 넣어 차 문을 열었다.

　이날 마지막으로 열어 준 차는 은색 승용차였다. 연식이 꽤 된 국산차였다. 고급차든 그렇지 않든 차 외부는 새들이 갈긴 똥 자국들로 지저분하게 바뀌어 있었다.

　내부도 다를 건 없었다. 걷는 자들은, 갇혀 있는 동안에도 끊임없이 몸을 움직였다. 안전벨트가 있는 가슴 부위는 물론이고 벨트에도 검붉은 피가 딱딱하게 굳어 있었다. 손잡이가 긴 전지가위가 벨트를 절단하는 데 쓰이는 도구로 적합했고 빠르게 절단하는 요령도 생겼다.

　다행히 보조석과 뒷좌석에는 아무도 없었다. 차 안에 너무 많은 사람이 타고 있을 땐 그대로 뒀다. 그들이 한꺼번에 나오는 것을, 유리창을 깨고 난 뒤 풍겨져 나오는 냄새를 감당할 수 없었다. 죽은 자들이 열린 차 문으로 기어 나오는 것을 볼 때마다 드는 기이한 두려움 역시 떨쳐 내기 힘들었다.

　안전벨트를 절단하자, 벨트 자국을 따라 피딱지가 붙어 있는 건는 자가 몸을 비틀고 뻣뻣한 손과 팔을 휘저으며 나왔다. 밖으로 나오자 곧 나름의 리듬감으로 걸음을 옮겼다. 건는 자는, 몸집이 자그마한 여성으로 초록색 원피스를 입고 있었다. 낮은 굽의 검정 구두 한 짝은 차 안에서 이미 벗겨진 모양이었다. 긴 머리칼은 헝클어져 있었고 얼굴은 부패되어 있었다. 두 눈에선 하얀 구더기가 꾸물꾸물 기어 나오다 바닥으로 뚝뚝 떨어졌다.

　화이는 멀찌감치 떨어진 채, 초록 원피스가 갈 길을 가도록 떨어진 채 지켜보았다. 초록 원피스는 섬 안쪽이 아닌, 다리 건너편으로 방향을 잡았다. 아직 바리케이드가 완벽하게 만들어지지 않았으므로 초록 원피스는 담이 인도해 주는 강에선 멀어지는 셈이었다. 절뚝이고 휘청이며 다리 끝에 다다르면, 가장 처음 만난 무리에 합류할 가능성이 컸다. 그사이 개나 까마귀에게 뜯기는 놀잇감이 될지도 몰랐다. 초록 원피스가 멀찌감치 사라질 즈음에야 화이는 견인고리를 자신의 자동차와 연결해서 차를 도로 가운데 비어 있는 부분에다 블록처럼 채워 넣었다. 다리를 막기 위해 자동차를 이동시키는 일은 정교할 필요는 없지만 사람이 지나다닐 정도의 틈은 없어야 했다. 걷는 자들은 대개 무릎에서 엉덩이 사이 높이의 장애물을 만나면 방향을 틀었으므로 자동차로만 막아도 상관없었다. 어떤 면에선 브이아이피 고객을 위해 발레 파킹을 해 주는 일보다 나았다. 행여 차에 작은 흠이라도 생길까 조심하지 않아도 됐다. 아무리 비싼 차라도 맘껏 유리창을 깨뜨리고 장난감처럼 이리저리 움직일 수 있다는 점에선 왠지 모를 쾌감마저 있었다.

  섬과 육지를 잇는 다리는 모두 서른세 개였다. 왕복 8차선에 보도까지 이르는, 폭이 넓은 다리도 있었고 도로 밑으론 보행교도 있었다. 그 가운데 지하철이 다니는 철교는 염두에 두지 않았다. 차들이 뒤엉켜 자연스레 바리케이드가 만들어졌거나 지진으로 다리가 끊겨진 곳을 제외하면 스물다섯 개를 처리해야 했다. 좀처럼 속도를 내기 힘들었다. 다리 하나를 막는 데도 몇 주가 걸렸다. 그렇게 겨우 하나를 막아 놓고 또 다른 다리로 이동하려면, 여러 기본적인 사항이 마무리돼야 했다. 새로운 작업이 시작될 때마다 견인할 수 있는 새로운 자동차를 그곳에서 구해야 했다. 아직은 도로에 차들이 너무 많아 차를 운전하는 것도 쉽지 않았다. 두 개의 대교를 막는 일은 한 달 내내 쉬지 않고 해야 가능했다. 혼자 하기엔 벅찬 일이었다.

담은 화이를 볼 때마다 "아직도요?"라고 물었다.

"굳이 차 안에 있는 걷는 자들을 밖으로 내보낸 뒤 이동시킬 필요는 없잖아요."

이번엔 '걷는 자'를 밖으로 내보내는 문제에 대해 지적하며 담이 말했다.

"차 안에 그들이 있는데 옮기라고요?"

"그게 효율적이잖아요. 안 그래요?"

"어떻게 그래요?"

화이가 울상을 지었다.

"차 밖으로 내보내 봐야 제가 처리해야 할 걷는 자만 늘어나잖아요."

담이 인상을 찌푸렸다.

"그래도, 그래도 말이에요. 안에 사람이 있는데, 그런 차를 옮겨 놓는다는 건 뭔가 좀……"

화이는 적합한 단어를 짜내려는 듯 눈을 내리깔더니 말을 이었다.

"……끔찍하잖아요."

"뭐가 끔찍하다는 거죠?"

담이 반문하자 화이는 한숨을 내쉬더니 한참 말을 잇지 못했다.

"그러니까 제 말은……."

화이는 할 수 없다는 듯 말했다.

"그래요. 제가 누굴 좀 찾고 있어서요. 차 안을 일일이 들여 다봐야 하는데, 그러는 김에, 나가려 발버둥 치고 있는 사람 들, 아니 시체들을 내보내 준 거예요. 뭐랄까, 좀 안돼 보이기 도 해서……."

"찾는 사람이 있었어요? 그래서 차를 이동시킨다고 하신 건가요?"

"아뇨. 그건 아니에요. 그냥 이 일을 하다 보니까, 그 사람 이 생각나서…… 겸사겸사."

화이는 이젠 더 이상 못 견디겠다는 듯 두 손을 들었다.

"언제까지 혼나야 하는 거죠?"

"혼나다니요?"

"지금 그러고 계시잖아요."

"이 일을 제가 시킨 것도 아니잖아요. 안 그래요? 먼저 하 신다고 하셨잖아요. 너무 요령 없이 하시길래 방법을 알려 드 리려던 것뿐입니다."

"그냥 제가 알아서 할게요. 한시바삐 처리해야 할 일도 아 닌데, 저 좀 내버려두시면 안 돼요?"

"허, 참."

담은 하늘을 올려다보며 숨을 깊이 들이마셨다.

"그래요. 알아서 하세요. 재촉하려던 건 아니었어요. 천천히 하세요. 정말 상관없어요."

담이 표정을 일그러뜨리며 말했고, 화이는 그걸 사과로 받아들였다.

11월 24일 목요일 오후 6시 45분.

화이가 기억하기로, 사람들이 죽어 나간 시간은 하필 퇴근 시간대였다. 도로엔 차가 너무 많았다. 줄을 지어 걷는 자들은 불쑥불쑥 나타났다.

처음에 담은 화이에게 자신과 함께 걷는 자를 강물로 인도하자고 했다.

"같이 하면 좀 더 빠르지 않겠어요?"

화이는 내키지 않았다. 걸어 다니는 시체들을 물로 밀어넣는 일은 좀 으스스해 보였다. 살아 있는 사람들을 물에 빠뜨려 죽이는 것처럼 보였다.

"섬 바깥에 있는 걷는 자들이 더 이상 안으로 들어오지 못하도록 저는 바리케이트를 만들게요. 그러면 일이 줄지 않겠어요?"

화이가 말했다.

"그거 좋겠네요. 걷는 자들이 섬으로 들어오는 수도 무시 못 하니까. 좋아요. 간만에 쓸모 있는 생각을 하셨네요."

간만에? 쓸모 있는? 화이는 담의 말이 거슬렸으나 굳이 티 내지 않았다. 그리고 그렇게 말해 놓고 보니 P를 찾는 일도 수월하게 할 수 있을 것 같았다.

P는 사무실에도 집에도 없었다. 분명 차 안에 있을 것 같았다. 대략 시간을 따져 보니 강을 건너지 못했거나 혹은 다리 초입 어딘가에 처박혀 있을 거 같았다. 차가 난간을 뚫고 강으로 떨어지지만 않았다면 차 안에 갇힌 채 버둥거리고 있을 게다. 차만 찾으면 됐다. 차라리 쉬울 것이다. 무력했던 마음에 생기가 돌았다.

P를 찾을 생각을 조금 더 일찍 했더라면 좋았을 텐데. 인터넷이 되었을 때라면, 그가 몇 시 몇 분에 출차했는지 백화점 출차 서비스에 로그인 하면 확인이 가능했을 텐데. 중요한 시간을 왜 흘려보냈을까, 화이는 후회했다.

한때 화이는 P의 동선을 분석하고 그를 따라다니는 일에 열심이었다. 하지만 P의 와이프를 만나고 난 후부턴 아무것도 할 수 없었다. 순수하다고 생각했던 열정과 사랑이 더럽혀졌다고 생각하니 맥이 빠졌다.

하지만 지금은 달랐다. 시체가 됐을지라도 P를 만나고 싶었다. 모습이 궁금했다. 아니다. P가 그리운 건지도 몰랐다.

P를 찾는 일도, 세 번째 다리를 막는 일도 다 끝내지 못했지만 화이는 이미 지쳤다. 쉬엄쉬엄하려 했지만 일단 일을 시작하면 열심을 내고야 말았으므로 쉽게 녹초가 됐다. 그럼에도 담은 화이를 게으르다고 여기는 듯했다. 일을 하다 쓰러져도 절대 담을 만족시킬 수 없을 것이다. 도무지 '적당히'를 몰랐다. 얼마나 일이 진척됐는지 화이를 단속하고 살피는 것 같았다. 담의 눈치를 보게 되는 것도 싫었다. 내일은, 내일은, 달라질 것이다. 화이는 입을 꼭 다문 채 고개를 끄덕였다. 가방에서 생수를 꺼내 마시고 주머니에서 꺼낸 젤리를 입에 넣었다가 헛구역질을 했다. 화이는 젤리를 뱉어 내고 생수로 가글을 했다.

담은 화이와 함께하는 시간이 불편했다

처음엔 외로워서 그랬다. 일을 시작하고 난 뒤엔, 진척 사항도 나눌 겸 일주일에 한두 번 화이와 식사 자리를 마련했다. 하지만 곧 담은 화이와 함께하는 시간이 불편해졌다.

화이는 입을 꼭 다문 조개처럼 앉아 있었다. 처음엔 낯설어서 그런 거라 여겼다. 시간을 들여 준비한 음식을 '감히' 먹어 준다는 듯 젓가락으로 밥알을 세는 화이의 모습을 보면 울화가 치밀었다. 고맙다는 말 한마디 없이 건방지게 앉아 있을 거면서 왜 매번 초대에 응하는지 몰랐다.

화이는 밥은 먹지도 않고 후식으로 먹으려고 챙겨 놓은 과자 봉지나 뜯어 끊임없이 입안에 털어 넣었다. 그러다 겁먹은 표정으로 주변을 두리번거리다 담과 눈이 마주치면 슬그머니

눈길을 돌렸다.

"술 한잔할래요?"

담이 냉장고에서 캔맥주를 꺼내 화이에게 건넸다.

"네? 왜요?"

화이는 입가에 과자 부스러기를 묻힌 채 말을 이었다.

"저, 술 못 먹어요. 알코올분해효소가 없거든요."

얼마 전 식사에 와인을 함께 먹은 걸 기억하지 못하는 걸까. 태연하게 거짓말하는 화이를 보며 담은 건넸던 맥주 캔을 따서 한 번에 다 마셔 버렸다. 그런 담의 모습을 화이는 놀란 듯 바라보더니 이내 과자를 입안에 넣고 와드득와드득 씹었다.

디브이디를 보기로 한 자리였다. 지난번 식사할 때 말을 하지 않는 화이가 어색해, 담은 즐겨 보던 디브이디를 켰다. 화이도 옆에서 흥미롭게 보는 것 같았다. 그다음 시리즈를 궁금해할지 모른다는 생각에 함께 보자고 한 거였으나 이젠 그만 화이가 가 버렸으면 좋겠다 싶었다.

담은 연거푸 캔맥주를 마셨다. 취기가 오르자 디브이디고 뭐고 목석같은 화이를 쫓아내고만 싶었다. 그런 담의 심경을 눈치챘는지 화이는 한결 공손해진 목소리로 말했다.

"저기, 디브이디는 언제 보나요?"

"왜요? 진짜 보려고요?"

"그거 보자고 부르신 거 아니에요?"

"그렇긴 한데. 안 보셔도 돼요. 억지로 앉아 있을 필요 없다고요."

담은 더 이상 화이의 비위나 맞추는 것에 싫증이 났다.

"재밌다면서요?"

화이가 따지듯 말하는 바람에 할 수 없이 일어섰다. 거실에서 편하게 보도록 소파를 돌려놓고 자리를 세팅해 둔 것조차 화가 났다. 진짜 보고 싶은 게 맞냐며 되물었지만 화이는 고집스럽게 고개를 끄덕였다.

담은 화이와 약간 떨어진 자리에 앉았다. 화이는 새로운 과자 봉지를 뜯었고 꾸역꾸역 먹어 댔다. 담은 그런 화이를 흘깃 곁눈질로 보았다. 부스러기가 소파로 떨어지는 걸 보니 신경이 곤두섰다. 담은 소주를 유리컵에 따라 마셨다. 레슬링 경기를 보는 것에 집중하기로 마음먹었다.

경기를 보다 보면 담은 이상한 기분에 휩싸였다. 공교롭게도 집에서 누워만 있던 아버지도 레슬링 경기를 즐겨 봤다.

"설명해 줄 테니 앉아 봐."

딱 한 번 아버지가 친절한 목소리와 표정으로 어린 담을 불렀다. 어린 담은 고개를 저으며 뒤로 물러섰다. 덩치 큰 외국 사내들이 팬티 한 장만 걸친 채 땀에 번들번들 젖어 끌어

안고 누르고 조이고 집어 던지는 것이 전혀 흥미롭지 않았다. 어떤 면에선 외설스럽게 보이기도 했다. 물을 입에 물고 뿜어 내며 등장하는 모습은 어린 담이 보기에도 유치하기 짝이 없었다. 철제 의자를 상대 선수 머리에 집어 던져 피가 줄줄 쏟아지는 것을 보고 열광하는 관중도, 그걸 보고 키득거리는 아버지의 웃음소리도 끔찍했다.

눈에 보이는 뻔한 속임수, 그럼에도 허를 찌르는 공격, 꽤나 타격감 있어 보이는 아찔한 공격과 방어가 반복되는 재미를 당시 아홉 살이던 담은 알 수 없었다.

매일 시체처럼 누워 레슬링 경기를 보지 않으면, 소주를 마시거나 잠을 자거나, 어두컴컴한 방 안에서 허구한 날 펴 놓은 이부자리 위 세계에 사는 아버지와는 친해지고 싶지도 않았고 알고 싶지도 않았다.

아버지는 한때 솜씨 좋은 가죽 세공인이었는데 어느 날부터인가 짝퉁의 장인이 됐다. 어둠의 세계에서 일하던 시기지만 경제적으론 기세등등해진 시기이기도 했다. 아버지는 중고차를 샀고 월세로 살던 집을 전세로 옮겼으며 기동 전사 건담의 새로운 모델이 나오는 대로 로봇을 사 주기도 했다.

행운은 오래가지 못했다. 보여 주기식 단속에 재수 없이 걸린 것도 모자라 아버지는 퍽치기를 당했다. 명품 가방에 명품 지갑을 보고 아버지가 돈 많은 사람인 줄 알았을 것이다. 아버지가 쓸데없이 정교한 짝퉁을 만든 까닭이었다. 퍽치기범은 곧 잡혔지만 병원비엔 전혀 도움이 되지 못했다. 하필 손을 자유롭게 움직이지 못하는 신경계 이상이 온 탓에 아버지는 돈 버는 일도 할 수 없었다. 밥벌레, 알코올중독, 주폭자의 길을 걸었다. 생활의 무게를 견딜 수 없었던 엄마는 집을 나갔고 소식을 들을 수 없었다.

차츰 화이도 화면 속 경기 내용에 집중하는 듯 보였다. 담이 설명해 주는 용어와 경기규칙, 선수들의 특징에 대해 말하면 고개를 끄덕였다. "정말요?"라고 되묻거나 "아하, 그렇군요. 몰랐어요."라고 대답했다.

"글쎄 이 집에 살던 노인네도 프로레슬링을 꽤나 좋아했던 모양이더라고요. 우린 지금 1992년의 현장에 와 있는 거예요."

차츰 기분이 좋아진 담의 말에 화이는 진지한 표정으로 "그때라면 전 태어나지도 않았군요."라고 말했다. 그때 태어나지 않았다면 도대체 얼마나 어리다는 것인가. 스물여섯이란 나이는 이미 알고 있었지만 따져 보니 화이는 어른이 된 지 고작 몇 년밖에 되지 않은 것이다. 화이의 예의에 벗어난 듯 이해할 수 없는 행태는 당연한 거라고, 담은 다시금 이해해 보려 했다.

화이는 맥주 캔을 따더니 입에 대고 홀짝였다. 긴장이 풀

려 그런지 소파 끝에 앉아 있던 화이는 차츰 담 쪽으로 다가
왔다. 담은 그런 화이가 신경쓰였으나 화면에 집중하려 노력
했다. 화이는 처음엔 작은 허밍으로 노래를 불렀다. 소리는
차츰 커져서 흥얼흥얼 가사를 알 수 없는 노래를 부르기 시
작했다. 경기는 한창 물이 올랐다. 승부가 뒤집히는 순간이라
화이의 그런 행동이 거슬렸다.

"술을 많이 드신 거 같은데요."

정색하며 말했는데도 화이는 흐흥, 웃었다. 비웃음처럼 느
껴졌다. 화이가 가까이 다가오는 게 부담스러워진 담은 자리
에서 일어나 주변을 치웠다. 남은 음식은 냉장고에 넣었다. 굳
이 지금 하지 않아도 됐으나 물을 틀어 설거지도 했다.

돌아와 보니 화이는 소파에 비스듬히 누운 채 두 눈을 감
고 있었다. 잠든 줄 알았다. 다가가 깨우려는데 화이가 자리
에서 슬며시 일어나 앉더니 머리카락을 만지작거렸다. 화이는
졸립지도, 취하지도 않은 듯한 말간 표정으로 담을 물끄러미
올려다보았다.

"혹시…… 저 좋아해요?"

"네?"

화이의 말에 담은 당황했다. 전혀 예상치 못한 말이라 허,
하고 웃고 말았다.

"그럴 리가 없잖아요."

단호한 담의 말투에 화이의 얼굴 표정이 굳었다.

"그쵸? 그럴 줄 알았어요."

화이는 약간 실망한 듯 보였다.

"절 좋아했어요?"

믿기지 않는다는 듯 담이 물었다. 그러자 화이는 화를 내며 대답했다.

"그럴 리가요. 절 뭘로 보고."

담은 불쾌한 기분에 고개를 돌렸다. 화이는 두 손으로 자신의 양 볼을 감쌌다.

"근데 왜 친절하게 대해 준 거죠? 좋아하지도 않으면서? 집으로 초대하고. 밥 먹자고 하고. 그리고 오늘은 또 술 마시면서 디브이디 보자고 하고?"

화이가 따지듯 말했다. 담은 마땅한 대답을 찾을 수 없었다. 솟구치는 화와 짜증을 겨우 참아 내긴 했으나 진심으로 잘 대해 준 것 같지 않았는데, 화이는 친절로 생각한 모양이었다.

"그야. 살아 있는 사람을 처음 만났는데……."

담이 말을 더듬자, 화이는 더 이상 듣지 않아도 알겠다는 듯 자리를 털고 일어섰다.

"됐어요. 혹시 저를 좋아해서 잘해 주는 건가 해서……. 둘밖에 없는 세상인데 서로의 마음이 다르면 곤란하잖아요. 솔직하게 말해 줘서 고마워요."

화이는 이제야 후련해졌다는 듯 자리를 털고 일어섰다. 그러곤 거실 안을 돌아다녔다. 이젠 쭈뼛거리며 어색하게 굴지도 않고 아주 익숙한 듯 주변을 돌아다니며 거실장을 함부로 열어 안을 들여다보기도 했다.

담은 그런 화이의 모습에 불쾌했으나 내색하지 않으려 노력했다. 먼지나 지문이 묻지 않도록 관리해 오던 진열장을 함부로 열더니 허락도 받지 않고 양주 한 병을 꺼내와 소파에 앉았다.

"이렇게나 비싼 술이 잔뜩 있는데 싸구려 맥주나 내놓다니 너무 하신 거 아니에요."

화이는 빈 술잔이 있는데도 굳이 병째로 마셨다.

"근데 말이에요. 진짜 이 세상에 우리 둘만 남은 게 맞나요? 진짜냐고요?"

화이가 물었다. 알 수 없는 일이었다. 세상이 이 지경이 되고 난 뒤 겁먹은 채 자기 집에만 있었다는 화이와 달리, 담은 이 집으로 오기 전까지 이곳저곳을 돌아다녔다. 유명하다는 대형 교회 목사와 종교 지도자를 찾아가기도 했다. 구원의 문제라면 그들은 살아 있을 것 같았다. 담이 생각하는 정치적으로 중요한 사람들이 있을 법한 장소들, 미국과 일본, 중국, 러시아, 영국, 프랑스 대사관들과 국방부와 대통령 집무실, 공중파 방송국, 신문사 그리고 경찰청과 대법원도 가 보았다. 유명하다는 대형 병원도 가 보았다. 모두 무방비 상태였고 걸어다니는 시체들로 가득했다.

"아. 왜 하필."

화이는 탄식하듯 말했다. '왜 하필'이란 말을 화이는 자주 했다. 그 말은 '감히'란 말과 더불어 담을 불쾌하게 했다. 하지만 그 말에 대응해 대꾸할 말이 생각나지 않았다.

"깜박 잊었나 보죠."

담이 얼버무리듯 말하며 실없이 웃었다. 화이가 인상을 쓰며 담을 홱 돌아보았다.

"뭐라고요?"

담은 고개를 저으며, "아뇨, 아무 말도 아니에요."라고 했다. 그러자 화이는 한숨을 내쉬었다.

"짜증 나."

'알코올분해효소가 없다는' 사람치고 화이는 술을 너무 잘 마셨다. 병째 대고 꿀꺽꿀꺽 먹고는 말했다.

"궁금해서 그런데요. 시체들을 끌고 물속에 집어넣는 게 왜 중요하다는 거예요? 그거 진짜 쓸데없는 짓이라고 전 생각하거든요. 병균을 옮긴다고요? 참내, 매일같이 시체들 옆에 붙어서 일하는 게 더 위험한 거 아니에요?"

담은 스스로를 이해심 많은 사람으로 여겼기에 애써 좋은

쪽으로 생각하려 했으나 화이의 업신여기는 투의 말에 인내심은 바닥나고 말았다. 화이는 취해 보이지 않았다. 걷는 자들에 대해 아무것도 모르는 화이의 말은 더 이상 듣고 싶지도 않았다. 다만 담은 묻고 싶었다. 어떻게 시체들이 거리에 활보하도록 그냥 내버려둘 수 있냐고. 어떻게 일을 하지 않고 헛되이 시간을 보낼 수 있냐고.

하지만 담이 말할 겨를도 없이 화이는 몇 번 헛구역질을 하더니 소파 위에 깔아 놓은 카페트 위로 토사물을 쏟아 냈다. 담은 시큼한 냄새를 맡으며 도저히 참을 수 없다고 생각했다. 할 수만 있다면 화이를 번쩍 들어올려 바깥으로 던져 버리고 싶었다.

화이는 더 이상 토할 것이 없는지 몇 번 더 마른 토악질을 하다가 무릎을 꿇고 앉아 어깨를 옴짝거리며 훌쩍이기 시작했다. 화이는 눈물과 콧물로 범벅이 된 얼굴로 담을 올려다보았다.

"아 좆같아, 진짜."

자신의 얼굴을 두 손으로 감싸더니 제 설움에 복받친 듯 울기 시작했다. 담은 카펫을 겨우 빼내어 욕실로 갖고 갔다. 샤워기로 물을 뿌려 구토물을 씻어 냈다. 하수구에 뭉쳐진 것은 손으로 긁어모아 비닐봉지에 버려 입구를 꼭 묶었다.

옷이 젖어 담은 샤워를 다시 해야 했다. 새 옷을 갖고 오질 않아서 욕실에 걸려 있는 가운을 입고 나와야 했다.

그사이 화이는 소파에 누워 잠들어 있었다. 속옷 차림이었다. 아마도 젖은 윗옷과 바지가 찝찝해 벗은 모양인데 얼룩진 속옷 차림으로 허연 살을 드러낸 채였다. 담은 그런 화이를 두고 자신의 침실로 들어가 문을 잠그고 침대에 몸을 눕혔다.

정말 형편없는 사람이라고 생각했다. 하필 저런 여자를 그토록 반기며 이곳으로 데려왔던 자신의 선택을 돌이키고 싶었다. 저런 여자와 단둘이 지내야 한다니. 아무짝에도 쓸모없는 여자. 차라리 사내였다면. 그랬다면 훨씬 더 나았을텐데. 일도 더 빨리 수월하게 할 수 있었을 텐데. 레슬링을 함께 즐기며 볼 수 있었을 텐데. 그리고 그리고…… 담은 '한'의 얼굴을 떠올렸다.

4장

화이는 담의 일하는 모습을 내려다봤다

백화점 루프탑에 선 화이는 쌍안경으로 담의 일하는 모습을 내려다봤다. 담은 무리의 가장 앞에 선 자의 옆구리와 등을 장대로 꾹꾹 찌르듯 밀며 방향을 조종해 나갔다. 무리의 앞선 자를 강가까지 인도하면 뒤따르는 이들도 강물을 향해 걸어갔다. 거기에 그치지 않고 담은 강가에 둔 작은 보트에 올라타선, 앞선 자가 강물에 완전히 잠길 때까지 장대를 끝까지 가져다 댔다. 걷는 자들은 그렇게 물에 완전히 빠진 후에야 비로소 걸음을 멈췄다. 담의 모든 행동엔 군더더기란 게 없어 보였다. 그런 모습이 경건해 보이던 순간도 있었다. 세면대에 물이 막히거나 전기가 갑자기 나오지 않을 때마다 발 빠르게 문제를 해결하는 모습이 든든하게 여겨지기도 했다.

하지만 담이 이토록 일에 열중하는 이유는 알 수 없었다. 섬 안에 걸어 다니는 시체의 수가 줄어들은 듯 보였지만 빌딩 숲에 둘러싸인 이곳에, 또다시 지진이 일어나고 빌딩들의 유리창이 깨지면, 섬은 시체들로 채워질 것이다. 무의미한 노동으로 시간을 버리고 있는 담이 이해되지 않았다. 그리고 담은 집요하게 과도한 일을 요구하면서도 그렇지 않은 듯 굴었다. 담이 일에 대해 툭툭 물을 때마다 화이는 신경이 날카로워졌다. 자꾸 새로운 변명을 찾는 것도 싫었다. 시체들이 걸어 다니는 꼴이 그토록 보기 싫다면, 도시가 아닌, 사람들이 없는 곳을 찾는 게 낫지 않았을까. 아니면? 화이는 생각했다. 굳이 해를 끼치지도 않는, 걸어 다니는 시체들과 섞여 사는 것도 나쁘지 않을 것 같았다. 화이는 더 이상 시체를 없애는 일에 시간을 보내고 싶지 않았다.

화이가 연구 동으로 들어오고 얼마 후, 도시에 화재가 연이어 발생하던 시기가 있었다. 미리 설치해 놓은 폭탄이 타이머에 맞춰 터지기라도 하듯 쾅쾅 땅을 울리는 굉음이 들렸고 시커먼 연기가 하늘로 치솟았다.

화재경보가 울리고 열이 감지되면 자동 소화가 작동되는 건물이 많아서인지, 사람들이 한꺼번에 죽은 직후에는 별다른 일이 없었다. 조리용 가스나 전열 기구를 켜 놓은 채 그대로 사람들이 죽어 나갔을 텐데 말이다.

오히려 서너 달 정도 지나자 도시의 잠재적 폭탄이 연쇄적으로 터지기 시작했다. 첫 시작은 주유소였다. 방치해 놓은 자동차도, 전열 기구도, 폭탄이 됐다.

섬 안을 가득 채운 아파트와 빌딩과 상가들은 크든 작든 낡든 그렇지 않든, 작은 스파이크가 불씨나 불쏘시개 역할을 했다. 연쇄작용을 하며 화재를 일으켰고 그것은 오래도록 탔다.

그리고 유리가 깨진 건물마다 불에 탄 시체들이 하늘에서 떨어져 내렸다. 그들은 불이 붙은 채로, 시커멓게 탄 채로, 휩쓸려 걸어 다녔다. 그러면서 이곳저곳 불이 옮겨붙었다.

화이가 백화점 루프탑에서 둘러본 섬 밖 사정도 다르지 않은 것 같았다. 강 너머 어디쯤에선 자주 검은 연기가 피어올랐고, 그것은 차츰 번져 갔다. 천둥 같은 소리가 멀리서, 가까이에서 들려왔다.

세상 끝이 될 것만 같았던 연쇄적인 화재도, 희뿌연 연기로 가득했던 하늘도, 줄기차게 내린 폭우로 겨우 끝이 났다. 화재는 끝났지만 이번엔 시내 곳곳이 물에 잠겼다. 화이가 바리케이드를 만들기 위해 애써 이동시켜 놓은 차량들이 물에 둥둥 떠내려갔다. 알 수 없는 이유로 생겨난 싱크홀로 도로 곳곳이 파이고 크고 작은 웅덩이가 만들어졌다. 걷는 자들이 머리끝까지 물에 잠기면 잠잠한 시체가 되어 썩어 갔지만 그렇지 않은 경우엔 물웅덩이에서 허우적거리며 걸었다. 그건 진짜 '살아 있는' 사람처럼 보이기도 했다.

도시는 나날이 끔찍한 곳이 되고 있었지만 그래도 차츰 정리가 되는 것처럼도 보였다. 도로에 아무렇게나 방치되어 있던 차량들을 화이가 끊임없이 치운 덕에, 차를 끌고 제법 먼거리까지 운전할 수 있게 됐다. 어쨌든 거리를 걸어 다니는 시체들도 눈에 띄게 줄었다. 담은, 썩어 가는 시체를 보면 그냥지나치지 않았다. 성실히 태웠다. 무엇보다, 연구 동의 하수시설만큼은 단 한 번의 막힘도 없이 담이 해결했다. 연구 동 내의 전기 공급이 원활하지 않자, 담은 태양열 전지 위에 내려앉은 재를 씻어 냈고 다시금 정상적으로 작동됐다.

처음엔 왜 하필 저런 사람과 단둘만 살아남은 건지 한숨이 나왔으나, 언제부터인가는, 서로가 서로의 '단순한' 이웃이란 사실이 나쁘지 않았다. 그날 밤 이후 서로의 집을 방문하지도 초대하지도 않으며 거리를 뒀기 때문인지도 몰랐다.

연구 동 근처에 있던 오래된 빌딩에도 화재가 난 적이 있었다. 빗물펌프장이 방화벽 역할을 해서 불길이 번지지는 않았지만 연기는 안으로 스며들었다. 연구 동의 모든 방마다 웡, 하는 작은 소음이 들리더니 공기정화장치가 자동으로 작동했다. 그리고 영화 속 장면처럼 거실 바닥 가운데 마룻장이 천천히 열렸다. 지하로 향하는 계단이 보였다. 망설인 끝에 화이는 계단을 밟고 천천히 내려갔다. 계단은 깊어서 한참을 걸어 내려가야 했다.

작은 갈색 문이 보였다. 문을 열고 나가자, 맞은편엔 어리둥절한 표정의 담이 서 있었다. 담은 한눈에 봐도 낡고 헐렁한 사각 팬티를 입고 있었다. 화이는 그런 담을 놀란 듯 바라보았고 담도 화이를 빤히 쳐다보았다.

"그쪽 거실 바닥도 열렸나요? 어떻게 이런 곳이……."

담은 변명이라도 하듯 화이에게 주절댔다. 화이는 오랜만에 얼굴을 마주한 담이 당황스럽게 느껴졌다. 일부러 부루퉁하게 대답했다.

"비상 공간인가 보죠. 노인네들이 전쟁에 대비해 만든 집이라면서요. 당연히 이런 데가 있겠죠."

"여기 지하공간이 꽤 넓은가 봐요. 길이 이어져 있어요. 오, 여기 불이 켜지는데. 같이 좀 살펴볼래요?"

"같이요?"

당치도 않은 소릴 한다는 듯 화이가 말했다.

"제가 지금은 좀 바빠서요."

저런 끔찍한 속옷을 입고 서 있으면서 부끄러운 줄 모르는 담의 뻔뻔함도, 별것도 아닌 지하공간에 호들갑을 떠는 것도 못마땅했다. 제대로 된 사과는커녕 아무 일도 없었다는 듯이

구는 것이 염치없어 보였다.

화이는 뒤돌아섰다. 문을 열고 들어가 급히 잠갔다. 거실로 향하는 계단을 올랐다. 저런 어두컴컴한 지하를 산책이라도 하듯 한가하게, 아니 탐험이라도 하듯 신나게 단둘이 걸을 수 있으리라 생각하는 걸까. 팬티 한 장 달랑 입고서? 화이는 담의 무신경한 태도에 새삼 진저리가 났다.

화이는 긴 계단을 올라 거실 바닥에 달린 문을 밀고 올라왔다. 이 집을 지었다는 노인들. 전쟁을 겪었고 돈이 많기에 이런 건물을 만들 수 있었을 것이다. 온갖 경우의 수를 대비하여 저런 지하공간도 만들었을 텐데, 그 가운덴 갑자기 시체가 되어 걷게 되리라는 건 없었겠지. 그러고 보니 연구 동에 살던 사람들은 어디에 있을까. 담이 그냥 바깥으로 쫓아냈을까, 아니면 강물까지 인도했을까.

화이는 2동으로 들어와 살면서 이 집에 살던 사람들에 대해 궁금해한 적이 없었다. 화이가 들어오기 전, 담이 정리를 해 놓긴 했지만 그건 냉장고뿐이었고, 물건들 대부분은 생활의 흔적이 고스란히 배어 있는 채였다. 그들이 쓰던 옷가지와 화장품, 사진 같은 것들은 중정 옆 창고로 쓰는 공간에 밀어 넣었고 화이는 백화점에서 가져온 새 물건들로 채워 놓았다. 그러면서도 (아마도) 노년의 부부인 듯한, 이 집의 진짜 주인에 대해 의식하지 않으려 애썼다.

화이는 지하로 내려가는 거실 바닥 위로 소파를 밀어 올려 놓았다. 무슨 일이 일어나든 화이는 그 지하공간으로 내려갈 일은 없을 거라 생각했다. 지하라면 정말 지긋지긋했다.

담은 신이 자신을 이 세상에 남겨 둔 이유에 대해
생각했다

걸어 다니는 시체를 물에 빠뜨리고, 그렇게 걷는 것을 멈추
게 하는 행위가 어쩌면 신이 담을 이 세상에 남겨 둔 이유가
아닐까 생각했다.

이런 일을 과연 화이가 할 수 있을까. 게으르고 어리석은
저 여자는 시체가 물에 완전히 잠기고 나서야 걷는 걸 멈추
고 안식에 들어간다는 사실을 절대 알아내지 못했을 것이다.

설령 알아냈다 하더라도 화이는 그저 걷는 자를, 개 떼를,
까마귀 떼를 피해, 하수가 역류하는 집에서 살다가, 뒤늦게
후회하고, 백화점이나 들락거리며 아무짝에도 필요 없는 물
건이나 집어 오겠지.

지금까지 봐 온 화이의 모습이 딱 그랬다. 걸어 다니는 시

체를 없애는 것이 최우선이라는 것도 모르는 여자. 그냥 없애는 것이 아닌, 그들을 안식에 이르게 하는, 꽤나 특별하고도 거룩한 의식이라는 것을 절대 깨닫지 못할 여자.

담은 그런 화이가 생각할수록 한심했다. 바리케이드를 만드는 일도 그랬다. 화이는 그마저도 어찌나 게으르게 하는지 믿을 수 없을 정도였다.

담이었다면 한두 달이면 끝내고도 남았을 일을 화이는 석 달이 넘도록 '아직'이라고 했다. 처음엔 "급할 거 없죠. 천천히 하세요."라고 했지만 시간이 지날수록 화가 치밀었다.

걷는 자들을 처리하는 일은 해도 해도 끝이 없었다. 작은 섬일 뿐인 이 도시엔 도대체 얼마나 많은 사람들이 있었던 걸까. 담은 화이가 제발 그 간단하고 별거 아닌 일을 끝마치고 자신을 돕기 바랐지만, 어느 순간 마음을 달리 먹었다. 이런 거룩한 일을 저토록 어리석은 화이에게 맡길 수는 없었다. 걸어 다니는 시체는 담을 통해, 죄의 속박에서 벗어나 영원한 죽음의 세계, 안식으로 돌아가는 것이 분명했다. 그렇게밖에는 설명되지 않았다. 그는 가끔 스스로 만든 기도를 중얼거리기도 했다.

담은 대개는 너그러웠지만 가끔씩 화가 솟구쳤다. 처음엔 그런 자신의 모습에 당황했지만 남들에게 만만하게 보이지 않도록 하는 방어 수단이라고 자신을 설득했고 효과도 있었다. 그날은 아침부터 기분이 사나웠다.

"아직 그 사람을 찾지 못했다니까요."

일이 어느 정도 마무리됐냐고 물었을 뿐인데, 화이가 신경질적으로 대답했다.

"도대체?"

순간 목소리가 높아졌다. 숨을 크게 들이마시고 최대한 감정을 다스려 가며 말을 이었다.

"찾는다는 그 사람이 어디쯤 있는 건지 알기나 해요?"

화이는 어깨를 으쓱했다.

"도로에 차가 많이 막혔으니까 섬 밖으로 나가지 못한 건 확실해요."

"그걸 어떻게 확신하죠?"

화이는 잠시 뜸을 들였다.

"음, 갈매기 이야길 했거든요."

"갈매기요?"

"그 일이 있기 직전에 저랑 통화를 했다고요. 강은 멀었는데 가로등마다 갈매기가 왜 저렇게 많이 앉아 있는지 모르겠다고. 무섭다고."

"그게 왜 무서워요?"

"새를 무서워했으니까."

화이는 그렇게 대답하고는 자신의 말이 꽤나 만족스러운 듯 엷은 미소를 지었다.

"이미 다리를 건넌 것일 수도 있잖아요."

"이미 지난 걸 멀다고 하나요?"

화이는 손톱을 잘근잘근 씹더니 말을 이었다.

"퇴근 시간대라 어디든 정체였어요. 분명 다리를 건너지 못했을 거예요. 시간을 따져 보면 그럴 수밖에 없어요."

담은 '거짓말!'이라고 소리칠 뻔했다. 갈매기 이야기는 분명 지금 막 꾸며 낸 것 같았다. 담은 말을 삼키고 마른침을 삼켰다. 화이는 자신의 일이 지체되는 이유 가운데 하나가 '그 사람'을 찾으면서 해야 하기 때문이라고 했다. '그 사람'은 자신의 하나밖에 없는 친척 어른이라고 했다가 나중엔 은인이라고 했다. 크고 작은 도움을 받았고 백화점에서 일할 때 많은 배려를 해 준 직장 상사라고도 했다. 젊은 여성인 것처럼 말하더니 어느 땐 늙은이처럼 표현했다. 그러더니 실은 직장에서 친하게 지냈던 동료라고도 했다.

찾는다는 사람이 화이에게 어떤 사람인지 담에겐 중요하지 않았다. 그렇기 때문에 지적하지 않았을 뿐이다. 화이는 별것도 아닌 일, 몇 번 말하다 보면 탄로 날 거짓말을 종종 했다. 담은 기가 차고 질렸다.

"어떡하든 찾아서 제가 직접 강물로 인도해 줄 거예요. 작대기로 미는 게 아니라 손을 잡고서. 그게 사랑하는 사람에 대한 예의잖아요. 안 그래요?"

화이는 따지듯 말했다. 어이가 없어 대꾸하지 않았지만 담은 불쾌해졌다. 담이 강물로 인도하는 건, 사람에 대한 예의를 지키지 않는다는 뜻인가 싶었다. 따질까도 싶었지만 길게 말해 봐야 소용없을 것 같아 담은 숨을 들이마시고 화를 참았다.

"근데요, 그 사람을 찾고 있기는 하지만 제가 하는 일에 영향을 끼치는 건 아니에요. 정말이라고요. 제가 얼마나 열심히 일하고 있는지 아세요? 차를 몰고 가는 것 자체가 힘들다고요. 도로마다 뒤집히고 엉켜 있는 차들을 이동시키고 정리하면서 하는 거라 시간이 많이 걸려요. 하긴 이렇게 말한들 알기나 하겠어요."

그러곤 화이는 입을 꼭 다물었다. 담은 그런 화이를 쏘아보며 빈정대듯 말했다.

"뭐 마음대로 하세요. 늘 그래 왔잖아요."

담은 알고 있었다. 일찌감치 화이는 그 직장 상사라던, 동료라던, 아니 그 이전엔 친척 어른이라던, 아는 선배 언니라던, 그 사람을 한 건물의 빈 상가 안에 가뒀다는 것을. 언제부터인가 백화점을 드나들며 자신의 물건을 갖고 오는 대신 건

는 자에게 쓸데없이 옷을 갈아입히느라 밤늦도록 상가 안에
서 마른 구역질을 꺽꺽 해 대면서 시체의 손을 잡고 걸어 다
니고 있다는 것을. 그런 미친 짓을 한동안 계속하더니 더 이
상 참을 수 없었는지 걷는 자를 밖으로 내보냈다. 제 스스로
강물로 보내 주겠다는 말도 다 거짓말이었다.

며칠 전 담이 선글라스를 쓴 걷는 자를 강으로 떠밀어 주
었다. 그는 양복 입은 직장인 무리에 섞여 있었다. 다른 걷는
자들에 비해 옷이 지나치게 깨끗하고 구김도 없이 깔끔했으
므로 금세 눈에 띄었다. 화이가 상가에 가뒀던 그 '걷는 자'
였다.

그 사실을 화이에게 말해 주고도 싶었지만 굳이 말하지 않
았다. 담은 아직 그런 화이의 거짓말을 봐주고 있었다. 지켜봤
다. 눈 한번 깜짝 않고 입술에 침 한번 묻히지 않고 태연하게
거짓말하는 이유를 알 수 없으나 모른 척해 주었다. 하지만
부아가 치미는 건 어쩔 수 없었다.

아마도 그런 날이기에 담의 기분이 더 사나웠는지 몰랐다.
하필 그날 이르게 일을 마치고 돌아가려 할 때, 담은 걷는 자
들 무리에서 '한'을 발견했다. 운명의 계시란 생각조차 들었다.
인과응보란 이런 경우를 가리키는 거라고. 순전한 마음을 쓰
레기 취급하던 '한'은 벌을 받는 게 분명했다. 마지막 길이라
도 고이 보내 주는 거라고 생색내고 싶었다. 아니다. 그건 우

월감이었다.

시체일지언정 '한'이 청년들 뒤를 따라 되똥거리며 강물 안으로 걸어 들어가는 모습을 보자, 알 수 없는 분노에 사로잡히고 말았다. 담은 갑자기 '한'의 머리채를 잡아끌고 나왔다.

"이렇게 끝날 수는 없어."

담은 그가 알고 있는 모든 험한 욕을 '한'에게 쏟아부었다. 시커멓게 썩은 얼굴의 입 주변은 뼈와 이가 드러나 있었다. '한'의 눈깔이 희뜩거리는 것은 구더기 때문이거나 근육이 당겨지면서 일어나는 현상이라는 걸 알면서도 마치 담에게 반응하고 비웃는 것처럼 느껴졌다.

'역겹다'고 소리치며 여전히 자신을 깔보고 있는 것 같았다. 그건 '한'만이 그랬던 건 아니었다. 일을 마치고 씻을 곳을 찾으러 다니다 구걸하듯 샤워했던 공공기관의 샤워실. 샤워를 하고 반들반들 윤이 나게 청소를 해 놨으나 관리인에게 모욕적인 말을 들어야 했던 것도. 퉁명스럽게 굴던 가게 점원, 택시 운전사, 식당 주인. 돌이켜보면 그에게 친절하고 예의를 갖췄던 인간들이 왜 그토록 드물었던 걸까. 모든 불쾌함이 하나하나 생생하게 떠올랐다. 이 일과 말 모두 '한'이 혼자 저지르기라도 한 것처럼. '한'을 향한 가장 큰 모욕이 된다면 그게 뭐든 할 준비가 돼 있었다.

담은 '한'의 바지를 잡아 뜯듯 벗겨 냈다. 담도 자신의 바지를 벗었다. 어쩐 일인지 썩지 않은, '한'의 엉덩이에 자신의 것을 쑤셔 넣었다. 욕지기가 나오고 말할 수 없는 절망감과 스스로에 대한 모멸감이, 그럼에도 불구하고 온몸 구석구석 전기처럼 도는 강한 성취감과 희열로 담은 괴상한 소리를 지르며 허리를 뒤로 젖혔다.

문득, 강렬한 빛이 담의 눈을 찔렀다. 담은 그제야 고개를 들고 시선을 멀리 바라보며 "아!" 하고 낮은 탄성을 질렀다.

화이는 P의 손을 잡았다

화이는 차의 시동을 걸었다. 밤이 되면 걷는 자들은 낮보다 조금 더 천천히 걷는 것 같았다. 기분 탓이라고 생각했는데 옆에서 살펴보니 무슨 이유인지는 알 수 없어도, 그들의 속도는 현저히 느려졌다. 그래도 밤 운전은 조심해야 했다. 큰 무리가 갑자기 차를 향해 걸어온다면 전복의 위험도 있었다. 죽은 자라 해도, 사람을 친다는 건 두려운 일이었다. 화이가 정비해 놓은 도로를 따라간다 해도 그사이 웅덩이가 생겼을 수도 있었다. 차가 빠진다면 더 골치 아픈 일이었다.

해가 떨어지면 밖으로 나오지 않는 게 상책이었다. 사나워진 개 떼도 문제였다. 섬 밖에서 들어온 게 분명한 멧돼지도 두려웠다. 하지만 걷는 자의 걷는 속도가 느려질 때만 할 수 있는 일도 있었다.

　한때 가전제품 행사장이었던 건물 앞에 차를 세웠다. 1층 행사장은 임대를 위해 비워진 채였다. 도로변을 향하고 있는 전면창엔 짙은 코팅이 되어 있었다. 유리문 바깥으론 커다란 자물쇠가 채워졌지만 뒷문은 열려 있었다. 문을 밀자 어쩔 수 없는 시취가 코를 찔렀다. 소독을 하겠다고 알코올로 닦아 놓은 탓에 시취에 섞인 알코올 냄새는 더 역하게 느껴졌으나 화이는 코를 막지 않았다. P에 대한 예의라 생각했다.

　멀리서 개 짖는 소리가 정체를 알 수 없는 짐승의 울음소리에 섞여 희미하게 들려왔다. 화이는 한기에 몸을 떨었다. 화이는 손전등 불빛을 이러저리 비췄다. 꽤 넓다고 할 수 있는 공간의 한쪽 구석에 종이 박스며 광고지 더미들이 마구 흐트러져 있었다.

　"기껏 치워 놨더니."

　화이가 든 손전등의 빛이 마침내 P의 모습을 비췄다. P는 화이를 반기기라도 하듯 허청거리며 다가왔다.

　"그동안 너무 오래 안 와 봤네."

　화이는 P에게 다가갔다. 화이는 축 늘어뜨린 P의 손바닥에 자신의 손바닥을 포개었다. 그럴 리 없으나 체온이 느껴지는 것도 같았다. 화이는 조심스레 P의 손을 쥐었다. 길고 굵은 그의 손가락은 딱딱하게 굳어 있었다. 화이는 신성한 의식이라도 치르듯 이미 뻣뻣하게 굳은 P의 손가락 하나하나를 쥐었다 놓았다.

"왜 내가 아니었을까."

화이는 P를 올려다보다가 그의 툭 튀어나온 이마를 쓰다듬기 위해 발꿈치를 들어 올렸다.

이곳으로 데려오자마자 화이는 P의 몸을 소독하고 새 옷으로 갈아입혔다. 백화점을 드나들며 갖고 온 옷을 입혔다. 옷을 입히는 과정은 무척 고됐다. P의 걸음을 멈추게 할 수 없었기에 밟히기도 했다. 바닥에 쓰러져 버둥거리는 P의 차가우면서도 끈끈한 피부에 닿기도 했다. 비위가 상하는 일이었다. 조심하고 싶어도 구역질이 났다. 하지만 옷을 다 입히고 나면 어려운 일을 해냈다는 성취감도 있었다. 등산복, 골프복, 캐주얼 느낌의 티셔츠나 바지, 슈트를 시도했다. 가장 잘 어울리는 건 슈트였다. 백화점에서 가져온 손목시계를 채워 주기도 했다.

온전히 화이 취향대로 P를 꾸며 주고 싶었지만 그녀에겐 취향이란 게 없었다. 마네킹이 입은 옷 그대로 가져다 입히는 수준이었다. 마음대로 입혔다고 생각한 스타일도, 한때 화이가 몰래 P를 찍었던 사진 속 모습대로 골랐던 것이다. 그건 P의 와이프 취향일지도 몰랐다. 한쪽 눈이 사라진 P에게 짙은 색의 선글라스를 씌워 주니 그나마 괜찮아 보였다.

"나한테 왔어야지, 나를 사랑했어야지."

화이는 P에게 직접 하지 못했던 진심을 말했다. 화이는 그의 곁에 섰다. 그와 함께 걷다가 차츰 걸음 속도를 늦췄다. 화이는 자리에 서서 혼자 걸어가는 P의 낯선 뒷모습을 돌아봤다.

P 대신 그의 와이프가 화이를 찾아왔을 땐 실망스러웠다.

"왜 우리 남편과 가족을 괴롭히는 거죠? 당신하곤 아무 사이도 아니잖아요."

'우리'라고? 화이는 발끈해서 물었다.

"왜 아무 사이도 아니라고 생각하죠?"

의도적으로 도발하려던 화이의 말에 P의 와이프는 피식 웃기까지 했다.

"아무 사이도 아니니까."

"당신과 당신 아이들을 실망시키고 싶지 않으니까 그렇게 말한 거예요."

"미쳤군요."

P의 와이프는 경멸 어린 눈빛으로 화이를 바라봤다.

"아직 모르시나 본데, 저 아기를 가졌어요. 당신 남편의 아이를요."

그렇게 말해 놓고 보니 정말 그런 것 같았다. P의 와이프 눈빛이 흔들렸다. 임신은 P의 와이프가 했다. 임신 3개월째라고 했다.

"거짓말! 그럴 리 없어요."

"마음대로 생각하세요."

화이는 기분이 좋아졌다. 이제껏 화이는 마음 약한 P를 위해 그의 스토커인 척해 준 것뿐이다. P는 용기를 내지 못한 것뿐이다. 그렇지 않고서야 자신을 바라보는 P의 눈빛이, 손길이 그렇게 따스했을 리 없다.

화이는 P의 가정을 지켜 줘야 관계를 오래도록 유지할 수 있다고 생각했다. 그건 반만 맞았다. P는 가정을 지켰고 화이는 스스로를 지키지 못했다.

"여기 일만 그만둔다면 조용히 지나가 줄게요."

P의 와이프 말에, 화이는 깜짝 놀랐다.

"제가요? 왜요?"

"계속 다닐 생각이었어요? 그게 돼요?"

뭔가 단단히 잘못됐다는 생각이 들었다. 음료수를 준 것도, 자신을 향해 그토록 따스한 시선을 보낸 것도, 다정한 말을 건넨 것도 P가 먼저였다. 잘못이 있다면 P가 화이를 사랑하지 않는다는 걸 알면서도 사랑이라고 믿었던 것뿐이다. 만약 일을 그만둬야 한다면 되돌리고 싶었다. 화이에겐 목표가 있었다. 조금만 더 있으면 지하가 아닌 지상에서 일할 수 있었다. 계약서만 쓰지 않았을 뿐이지 팀장은 그렇게 말했다. 주말 근무도 야근도 도맡아 가며, 오롯이 혼자 작은 플라스틱 상자 안에 갇혀 일했던 것도 그 때문이었다.

"이번 달까지 알아서 나가세요. 그렇지 않으면 가만있지 않겠어요. 당신이 한 그 소름 끼치는 짓에 대해 알리고 고소도 진행할 거예요."

화이의 대답을 듣지도 않고 자리에서 일어나 가 버렸다. 소름 끼치는 짓? 그게 뭘까. 화이는 P에 대해 알아본 것뿐이다. 사랑해 달란 것도 아니었다. 물론 그 모든 게 사랑이 아니면 뭐냐고 말하고도 싶었다. 사랑이 아니었다는 걸 왜 자신이 증명해야 하냐고 항의하고 싶었다. 받아들여지지 않는 마음이 왜 소름 끼치는 일이 되는 건지. 이 모든 질문에 대한 답은 P가 해야 했다. P의 와이프가 와서는 안 될 자리였다.

'그게 돼요?'

그날 밤 그 질문이 화이의 머릿속을 맴돌았다.

'왜 안 돼? 누가 같이 살겠대? 그냥 따듯해지고 싶을 뿐인데. 그러면 안 돼?'

화이는 생각했다.

차단기는 이미 올려졌는데, 자동차 한 대가 멈췄다. 무슨 일인가 싶어 주의 깊게 봤다. 백화점 업무 종료 후 브이아이피 입장이 개시된 지 얼마 안 된 때라 뒤따르는 차도 없었다. 무엇보다 국산차로서는 가장 비싸다는 차였다. 있는 듯 없는 듯 있다가, 요청하기 전에 파악해야 하는 것이 브이아이피를 대하는 자세이기에 화이는 얼른 고개를 내밀었다가 밖으로 뛰어나갔다.

짙은 코팅이 되어 있는 자동차 앞에 서서(절대 창을 두드려선 안 됐다.) "무슨 불편이라도 있으신가요?"라고 물었다.

자동차 유리창이 천천히 내려갔다. P였다. 그는 백화점 회원 운영과 관리를 담당하고 있는 전무였다. 젊고 잘생겼고 친절했다. "많이 피곤하시죠. 더우실 텐데 이거 드세요."라며 음료수를 건넸다. 화이는 "아, 괜찮은데."라는 말과 동시에 음료수를 얼른 잡았다. P는 웃고 있었다. 중저음의 목소리, 호감을 가득 담은 눈동자. 차 안엔 그밖에 없었다.

"고생이 많으세요."

"제 할 일을 하는 건데요, 뭐."

"고객 응대가 좋으시더군요. 그럼 수고해 주세요."

P는 화이를 향해 손바닥을 잠시 들더니 미소 지었다. 창문은 곧 닫히고 차는 출발했다. 화이는 차의 뒤꽁무니를 멍하니 바라봤다. 누군가 화이의 어깨를 툭 쳤다.

"조심해."

주차 아르바이트생인 J였다.

"뭘?"

"오해하지 말라고."

"무슨 오해?"

"혹시 관심 있어 그러는 건가, 하는 오해."

화이의 얼굴이 달아올랐다.

"그냥 친절한 사람이거든. 아무한테나."

J는 그렇게 말하며 혀를 날름 내밀더니 말을 이었다.

"언니, '금사빠'잖아?"

"뭐?"

"금방 사랑에 빠진다고."

"내가?"

"그래. 모쏠들은 그렇다잖아. 그래서 위험하대."

"그런 오해 안 해."

화이는 애써 침착한 어조로 말하려고 했지만 목소리가 갈
라져서 나왔다.

"하, 아닌 거 같은데."

J는 계속 빙글빙글 웃으며 화이를 바라봤다.

"안 가?"

"화난 거 아니지?"

"아냐."

"참. 언니, 그거 진짜야?"

화이는 무슨 말인가 싶어 J를 쳐다봤다. J는 화이의 손목시계를 가리켰다.

"짝퉁은 안 해."

화이가 말하자 J는 입을 벌렸다.

"그거 엄청 비싼 거라던데."

화이는 이제야 자신만만한 미소를 되찾았다.

"고등학생 때 우리 엄마가 사 준 거야."

"맞다. 언니, 원래 좀 사는 집 딸내미랬지! 좋겠다. 부럽다. 그래도 한때는 금수저라서."

J는 커다란 엉덩이를 흔들고 형광봉을 흔들고 화장실 방향으로 뛰어갔다. 화이는 기분이 요동쳤다. 한때는, 이라니. 그리고 홍삼 음료수 하나 받았다고 오해하지 말라는 건 뭐지. 그것 하나에 감지덕지하며 설렐 인간으로 본 건가. 생각이 꼬리에 꼬리를 물자 화이의 입꼬리는 슬며시 내려갔다. 화이는 P가 준 음료수를 먹지 않고 가방에 넣었다. 집에 도착하자마자 음료수를 냉장고에 넣었다. 언제까지나 P가 건넸던 수준의 시원한 상태를 유지하고 싶었다. 언제 잡든 하얀 손자국이 다시 생길 수 있기를 바랐다.

그것 때문이라고 할 수 있을까. 화이는 P가 자신에게 매달렸으면 싶었다. 이제는 정말 특별한 사람이 되고 싶었다. 스쳐

지나가는 생각이었다. 진지하게 생각한 건 아니었다. 가능하리라 여기지 않았으니까.

J가 그렇게 말하는 덴 일리가 있었다. P에겐 이미 성 추문 사건이 있었다. P는 부장판사 출신 전관예우 변호사를 선임했다고 했다. 여직원에 대한 명예훼손 혐의로 맞고소가 진행된다고도 했다. 재판이 진행되기도 전 고소가 취하되면서 시시하게 끝났다. 적어도 백화점 내에선 여직원의 '자작극'이라고 했다. 돈 많은 처가의, 예쁘고 어린 사모님 대신 못생기고 나이마저 많은 백화점 판매직 여성을 왜 건드리겠냐고 했다. 하지만 그게 진짜일까.

연애도 제대로 못 해 본 여자일수록 별거 아닌 친절에 오해하기 마련이라고, 별거 하나 없어 보이는 연애도 젬병인 J는 진저리를 치며 이야기했다.

하지만 화이는 그런 오해나 받을 만한 사람이 아니다. 누군가의 관심에 목매는 사람도 아니다. 화이는 생각할수록 J의 말과, 그때의 표정이 떠올라 화가 났다.

화이는 P에 대한 정보를 모으기 시작했다. 직급이나 차 번호처럼 금방 알아낼 수 있는 것 말고 노력을 기울여야 알 수 있는 것들. 그의 단골 식당, 즐겨 입는 옷 브랜드, 집 주소, 휴대폰이 두 개 있다는 것과 각각의 번호, 두어 달에 한 번씩은 혼자 낚시를 즐긴다는 것, 골프를 좋아하지는 않지만 골프 여

행은 자주 간다는 것, 다섯 살, 세 살 된 아들이 둘 있고 아내는 최근 셋째를 임신했으며 곧 이사를 간다는 것도.

휴대폰 번호와 P와 아내의 에스엔에스를 알아내면서 정보를 빠르게 수집할 수 있었지만 발품을 팔아야 알 수 있는 것도 있었다.

화이는 있는 듯 없는 듯 존재감이 없었다. 그것이 재능이 되기도 했다. 화이는 P의 뒤를 자주 쫓고 그가 다니는 곳을 시간이 날 때마다 배회했건만 P는 화이를 알아보지 못했다.

그리고 마침내, 화이는 P가 자주 가는 술집 주차장 앞에서 정면으로 마주쳤다. P는 술을 꽤 마셨는지 게슴츠레한 눈으로 화이를 오래 쳐다봤다.

"기다릴 줄 알았는데 금방 오셨네요."

P의 말에 화이는 가슴이 철렁 내려앉았다. 기다렸다니. 화이는 다시 뜨거워졌다. 우연히 지나가는 길이었다고, 당신을 미행했던 건 아니라고 입술을 달착거렸지만 목소리가 나오지 않았다.

"여기요."

P는 화이에게 자동차 키를 건넸다. 그걸 받아 들고 화이는 멍하니 서 있었다. 그렇구나. 화이는 자신도 모르게 후, 하고 숨을 내쉬었다. 대리운전 기사라고 생각했던 것이다. 자신의 얼굴을 기억 못 하는 건 어쩌면 당연한 건데 화이는 몹시 서

운했다. 하지만 운전석에 앉아 시동을 걸자 화이는 기분이 좋아졌다. 이 모든 건 우연이 아니다. 어쩌면 이 기회로 '아무나'가 아닌 특별한 사람이 될 수 있을지도 몰랐다.

화이가 생각하는 기회란, 1층 인포메이션이나 혹은 백화점 9층에 있는 브이아이피룸에서 일하는 것일 수도 있었다. P의 직급이라면 그 정도 손쓰는 건 어려운 일이 아닐 것이다. 화이는 조금 더 어려운 걸 선택했다. 그건 하필 '로맨스'였다.

어리석은 생각을 한 화이가 운전석에 앉은, 차 안에서 무슨 일이 일어났는지 공식적으로는 알 수 없는 것이 됐다. 보조석에 앉은 P는 술에 취해 기억나지 않는다고 했다. 블랙박스에 녹음된 화이의 말은 어디부터 어디까지가 사실인지, P의 속삭임은 무얼 의미하는지 가늠하기 힘들었다. P의 집으로 가는 대신, 낯설고 어두운 골목길 가로등 아래 꽤 오랜 시간 차를 세워 둔 채 둘만의 시간을 가졌다는 것만은 '사실'이었다.

P의 걸음걸이는 여느 걷는 자들과 다를 바 없었다. 두 발을 질질 끌며 두 손을 어디에 둬야 할지 모르는 사람처럼 휘젓고 다녔다. 한 발짝 내디딜 때마다 무게중심을 잃은 듯 휘청거렸다. 당당하고 근사했던 걸음걸이는 이젠 기억도 나지 않았다. 화이는 울음을 터뜨리고 싶었다. 대신 윗니로 아랫입술을 깨물었다.

화이는 유리문을 활짝 열어젖혔다. 신선한 바람이 들어왔다. P는 열린 문을 향해 몸을 틀었다. 걷는 자는 탁 트인 공간을 잘도 찾아냈다. 슈트를 입은 P는 선글라스를 낀 채 밤공기를 가르며 머뭇거리지도 않고 걸음을 옮겼다. 저 혼자 걸어가는 모습은 낯설지 않았다. 화이는 충동에 휩싸여 P를 따라 걸었다. 누군가의 뒤를 무작정 따라 걷는 것도 나쁘지 않다는 생각이 들었다. 평생 그렇게만 걸어도 될 것 같았다. 어쩌면 늘 그렇게 살아왔던 것도 같았다. 홀로 앞서서 걸었던 적이 있었던가. 왜 그래야 하는지도 모른 채 누군가의 뒤나 따르며 고되게 걸어왔다. 개 짖는 소리가 가까워지고 있었다. 그제야 정신을 차린 듯 걸음을 멈췄다. 한기를 느끼며 화이는 앞깃을 그러모아 잡았다. 화이는 세워 둔 차를 향해 뛰어들었다. 핸들을 잡았다. 심호흡을 했다. 그리고 P가 어둠 속으로 사라져 갈 때까지 뒷모습을 지켜보았다. 문득 더 이상 걷지 않아도 된다는 사실이 벅차게 다가왔다. 본인이 해결해야 할 문제를 와이프에게 떠넘긴 채 숨어 버린 P, 연락이 올까 두려웠던 건지, 휴대폰 번호마저 바꿔 버린 P, 그러고선 회사를 그만둬야 하는 것조차 남의 일인양 책임을 돌려 버린 P. 생각할수록 꼴도 보기 싫은 P를 참고 보지 않아도 된다는 사실이 비로소 다행이란 생각이 들었다. 무리를 만나면 아무 꽁무니나 따르겠지, 어쩌면 담이 강물로 밀어넣어 주겠지, 화이는 생각했

다. 화이는 웃어 보려 했지만 잘 안 됐다. 화이는 시동을 걸었
다. 코를 벌름거리며 냄새를 맡았다. 화이는 인상을 찌푸렸다.
창문을 열었다. 콘솔 박스에서 물티슈를 꺼내 손바닥과 코밑
을 세게 문질러 닦으며 운전했다. 돌연 화이는 콧노래가 나왔
다. P의 와이프가 몰고 다니던 이 차도 내일은 갖다 버려야겠
다고 생각했다.

무인도에 단둘만 살아남는다면, 상대가 누구면 좋
을지 생각했다

"만약 무인도에 단둘만 살아남는다면, 상대가 누구면 좋겠
어?"라는 질문에 이성을 떠올리지 않았던 자신이 담은 이상
하지 않았다.

성인이 된 후에도, 크고 작은 아픔이나 배신을 했던 이도,
도움을 줬던 이도 대개는 남자였으니까. 어처구니없는 상황에
서 가슴을 설레게 하거나 심장을 뛰게 하는 이도 대개 여자
는 아니었다. 어느 순간 인정하지 않을 수 없었다. 그냥 그렇
게 되어 버렸다.

하지만 상대가 이성이든 동성이든, 외모도 조건도 중요하
게 여겼다. 하필 담은 모든 부분에서 수준 미달이었다. 앱을
이용해 몇 번의 짧은 만남을 갖기도 했지만 긴 만남으로 이

어지지 못했다. 마지막 만난 상대는 담보다 나이가 많았다. 머리가 벗어지고 배가 나오고 키는 땅딸막했다. 담과 마찬가지로 사내 역시 인기 있는 스타일은 아니었다. 하지만 사내는 꽤나 유머러스했다.

"나야 모든 걸 갖췄지. 집도 있고 차도 있고. 직장도 꽤 번 듯하다고. 그뿐이야? 아내도 있지 아이도 있지."

사내는 웃었고 담도 따라 웃었다. 사내는 이미 취한 상태였다. 좋은 곳에서 술을 마시자고 하더니 지하에 있는 어느 바로 그를 데리고 갔다. 회원제로 운영되어 아무나 들어갈 순 없는 곳이었다. '모든 것을 다 갖춘' 사내가 없었다면 담은 평생 그런 바엔 갈 수 없었을 것이다. 술을 주문하는 사이 사내는 고개를 처박고 잠이 들고 말았다. 음악 소리는 컸고 안에 손님들은 당연히 사내들뿐이었다.

적당히 술에 취한 이들이 자리에서 일어나 자연스레 춤을 추고 박수를 쳤다. 그것은 담이 한 번도 경험하지 못했던 광경이었다. 취기 때문이겠지만 불안도 긴장도 없이 편안하게 즐기는 모습에 담은 벅찬 감정을 느꼈다. 동행자와 함께 그 순간을 즐기지 못하는 것이 아쉽긴 했지만 자연스레 분위기 속에 녹아드는 것만으로도 담은 아직 자신에게도 젊음이 남아 있다는 생각이 들었다.

그리고 담은 그곳에서 '한'을 발견했다. 배식할 때 '한'은 투명 플라스틱 마스크를 쓰고 위생모를 눌러쓰고 있었다. 많은 사람들이 있는, 어두컴컴한 실내에서 '한'을 알아봤다는 사실 만으로도 기적에 가까운 일이었다. 물론 담에겐 어려운 일이 아니었다. 적어도 담의 눈엔 '한'만 빛이 나는 것처럼 보였으니 까. 화장실에 가려는지 '한'이 자리에 일어서자 담도 곧 그 뒤를 따랐다.

"안녕하세요."

담이 떨리는 목소리로 인사하자 '한'은 활짝 미소를 지었다.

"아쉽네요. 언제 이사 가시는 거죠?"

담을 바에서 일하는 직원으로 여긴 모양이었다. 담은 당황했지만 '한'은 그걸 구분하기엔 너무 취해 있었다.

"여기 분위기가 제일 좋았는데. 옮기게 되면 거기서 봬요."

그러곤 '한'은 비틀거리며 화장실 안으로 먼저 들어갔다. 담은 그 앞에서 한참을 서 있었다. 그리고 다시 '한'이 잘 보이는 곳으로 자리를 옮겼다. '한'이야말로 모든 걸 다 갖춘 사람처럼 보였다. 담에겐 없는 것. 젊음, 아름다움, 강인함, 친화력, 그리고 친구들. '한'의 모든 것을 용인해 주고 그의 매력에 흠뻑 빠져 있는 것 같은, 세 명의 젊은 남성과 테이블을 차지하고 앉아, 서로의 귀에 대고 속삭이고 웃고 노래를 따라 부르고 자연스레 스킨십을 하고 소리를 지르다가 난데없는 웃음을 터뜨리다가, 자연스럽기 그지없는 키스를 나누었다. 이 모든 것을 담은 절대 가질 수 없었다. 그건 '한'에게만 주어진 선물 같았다. 담도 그 선물을, 그러니까 '한'이란 선물을 받은 것만 같았다.

그렇지 않고서야 평소 눈여겨보고 있던, P구청 구내식당의 영양사 '한'을 우연히 만날 수 없었다. '한'은 가운을 입고 배식을 할 때면 보잘것없어 보이는 담에게도 평등한 미소를 지어 보였다. 그것이 특별한 메시지가 아니란 걸 알면서도 담은 오해하고 싶었다.

담은 '한'을 보기 위해 군이 P구청의 구내식당까지 버스를 타고 가서 식사를 하곤 했다. 그곳을 가기 전엔 꼼꼼하게 목욕도 했지만 혹시나 싶어 일이 없는 날에만 골라 갔다. 딴에는 표 내지 않으면서도 호감을 드러내려 노력했다. 무심하게 음료수를 건넨 것도 그래서였다.

"건더기 좀 듬뿍 떠요."

호방한 면모를 보이려 농담을 하자, '한'은 "숟가락을 꽂아도 자빠지지 않을 만큼 넣었습니다."라고 대답하더니 묘한 미소를 지었다. 아니다. 아닐지도 모른다. 하지만 호감을 나타내는 미소가 아니라면 무엇이겠는가. 진심을 나눠야 할 시간이됐다고 생각했다. '한'에게 솔직해지기로 마음먹었다. 사람 많은 식당에선 안 됐다. 그건 '한'에게도 예의가 아니었다. 담은

'한'의 퇴근 시간에 맞춰 따로 만나려 했다. 싸구려지만 꽤 고급 옷이라 여기는 SPA 브랜드 옷을 사 입고 미용실에서 머리도 다듬었다. 꽃을 주는 건 너무 눈에 띌까 싶어 백화점 1층 매장에서 연인에게 주는 선물로 가장 인기 많다는 향수도 하나 샀다.

담이 알아본 바에 의하면 '한'은 P구청 정문으로 나와 15분 정도 걸어 지하철역까지 갔다. 담은 전철역에서 기다렸다가 혹시라도 길이 엇갈리면 안 될 듯싶어 구청 앞으로 다시 갔다. 어찌 된 일인지 '한'은 퇴근 시간이 지나도 나오지 않았다.

날이 어두워지고 마침내 구청 본관 문이 폐쇄됐다. 주차 관리 경비가 담 쪽을 오가며 몇 번 눈치를 줬지만 담은 꼼짝 않고 서서 건물 출입구 쪽을 바라봤다. 어쩌면, 담이 잠시 한눈을 판 사이 '한'이 퇴근한 모양이라고, 길이 엇갈린 거라 생각했다.

벤치에 앉아 있는 담을 보고 곤란한 상황에 처할 것을 예감한 '한'이 후문 쪽으로 도망치듯 나가 택시를 탔으리라곤 상상도 못 했다. 그때 포기했어야 했으나 열정은 담을 바보로 만들었다.

이튿날 담은 '한'의 원룸 건물 앞을 기웃거렸다. 그것이 '한'에게 불쾌감을 주리라곤 예상하지 못했다. 잘못이라면 잘못이었다.

"여긴 어떻게 알고 오신 거죠?"

긴장된 표정이 역력한 '한'이 말했다.

"별건 아니고 이거 드리려고요."

담이 향수가 담긴 작은 종이 가방을 내밀었다. 긴장 때문에 손이 떨렸다. '한'은 선물 따위 하나도 궁금하지 않은지 발을 구르며 낮은 목소리로 을러 댔다.

"뭐야. 짜증 나게!"

무안해진 담이 소리치듯 말했다.

"그냥! 그냥 좀 받아 주면 안 돼요?"

"왜 소리는 질러요?"

그러곤 '한'은 주변을 둘러보더니 겁먹은 표정으로 말했다.

"아니, 그게 아니라."

담이 움찔하며 고개를 숙였다. 그러자 '한'은 가라앉았지만 날카로운 어조로 말을 이었다.

"집은 어떻게 알아낸 거지? 미행이라도 한 건가?"

"아뇨, 그건."

담은 더듬거렸다.

"이러지 마요. 앞으로 음료수도 사양합니다. 정말 불쾌하네요."

"왜? 뭐가 불쾌하다는 거죠?"

'한'은 깊은 한숨을 토해 내며 고개를 돌렸다.

"몰라서 묻는 거요?"

"누가 뭐 사귀재요? 그냥 이거나 좀 받아요."

담은 '한'의 손에 억지로 쇼핑백을 건넸다. 그러자 '한'은 담의 손이 불경하고 불결한 거라도 되는 양 몸서리를 쳤다.

"감히!"

'한'은 주먹을 꽉 쥐더니 담의 가슴에 종이 가방을 내팽개치듯 던졌다. 향수가 바닥으로 떨어졌다. 담에겐 낯선 냄새가 천천히 주변으로 퍼졌다.

"그까짓 걸로 날 협박하려는 모양인데. 사람 잘못 골랐어. 그 바에는 호기심에 한번 가 본 것뿐이라고. 한 번 더 이런 식으로 깝죽대면 죽여 버릴 거야."

'한'은 그렇게 말해 놓고는, 담에게 침을 뱉었다. 놀라 뒤로 물러섰지만 '한'이 뱉은 침이 담의 손등 위로 떨어졌다. 담은 손등을 내려다보고 다시 '한'을 올려다봤다. '한'은 눈을 부라리더니 주먹으로 담의 얼굴을 내리치는 시늉을 했다. 담은 놀라 고개를 움츠렸다. 차라리 맞는 편이 나았다고 생각했다. 겁에 질린 모습을 보인 게 담으로선 더 자존심이 상했다.

"별것도 아닌 새끼가."

그러곤 '한'은 한 번 더 담의 발밑으로 캭, 가래침을 뱉었다. 담은 고개를 숙인 채 서 있었다. '한'은 떠났다. 담은 몸이 떨렸다. 모멸감과 패배감에 몸이 계속 떨렸다. 그리고 담에게 남은 건, 지나치게 향기로운 향수 냄새뿐이었다.

집으로 돌아온 담은 손등이 벌게지도록 문질러 닦았다. 향수 냄새가 사라지도록 온몸에 여러 번 비눗칠을 해서 씻었다. 자신이 도대체 뭘 협박했다는 건지, 담은 이해할 수 없었다. 다른 사람이라면 몰라도 '한'은 그래선 안 됐다. 그때의 자유로워 보이던 여유는 어디로 사라진 걸까. 이유를 찾으려 애쓸수록 담은 자기혐오에 빠졌다. 거기에서 나오는 유일한 방법은 '한'을 형편없는 인간으로 취급하는 거였다. 담은 '한'이 성적으로 아주 방종하고 이기적이며 형편없는 인성의 소유자라 결론지었다. 그렇게 생각하니 마음이 조금, 아니 한결 편안해졌다. 무작정 자신을 밀어 내고 거부하는 '한'의 행동을 교정해서 후회하게 만들고 싶었으나 방법을 찾을 수 없었다. 하지만 '한'에게서 발작에 가까운 거부를 당하고 보니, 담은 P구청을 얼씬거리는 일도 서글퍼져 그것도 그만뒀다.

담의 마지막 사랑, 아니 짝사랑은 거기서 끝났다. 새로울 것도 없었다. 세상이 끝나지 않았다면 또다시 누군가를 좋아하고 드러내지 않으려 노력하다가 끝내 참지 못하고 망신을 당하고, 그러다 끝이 났을 것이다. 나이를 먹어 가고 차츰 노력하지 않아도 발기되지 않는 것을 다행으로 여기며 그럼에

135

도 여전히 뛰는 가슴을 주체 못 하며 늙어 갔을 거라고 담은 생각했다.

5장

화이는 뒤늦은 의문이 떠올랐다

배가 분명했다. 배는 일정한 속도로 섬을 향해 다가오고 있
었다. 어쩌면 이다지도 멍청했을까. 단둘만이 살아남은 거라
고 왜 쉽게 인정해 버렸던 걸까. 당연했던 의문이 뒤늦게 떠올
랐다. 저 배엔 분명 살아 있는 사람이 있을 거라고 화이는 생
각했다.

화이는 백화점 루프탑에서 나와 비상계단을 밟고 내려갔
다. 서둘러선 안 됐지만 자꾸만 발걸음이 빨라졌다. 심장이
쿵쿵 뛰었다. 생각은 불길했다가 희망적이었다가 다시 공포스
럽기 짝이 없는 상상들에 사로잡혔다.

"서둘러선 안 돼. 천천히, 천천히."

화이는 혼잣말을 했다. 얼마 전 계단을 내려가다 다리 힘

이 풀리면서 어이없이 주르륵 미끄러진 적이 있었다. 다행히 계단이 몇 개 남지 않은 상태라, 허리가 찍히고 계단참으로 엎어지면서 무릎이 까진 정도였지만 하마터면 큰일 날 뻔했었다. 이젠 그 어느 때보다 몸을 조심하지 않으면 안 된다.

선착장에 도착했을 땐, 이미 담이 서 있었다. 담은, 화이가 다가오는지도 모르는지 우두커니 서서 다가오는 배를 바라보고 있었다. 담의 등은 여전히 작고 구부정했다. 처음 봤을 때보다 몸피는 더 얇아 보였으나 오히려 더 단단해 보였다. 신경질적으로 꼬리를 세우고 독을 품고 있는 검은 전갈처럼 보였다. 그와 몸으로 싸운다면 질 게 뻔해 보였다. 담이 데리고 다니는 누런 개는 화이를 보자, 꼬리를 살랑살랑 흔들며 달려와 반겼다. 개는 화이의 발등을 머리로 문지르다가 점프를 해서 화이의 볼에 차가운 코를 갖다 대거나 냄새나고 축축한 혓바닥으로 핥기도 했다.

개는 비린내가 심하게 났다. 목욕이라도 시켜 주면 좋으련만. 화이는 얼마 전 '애완견 기르기' 책을 구해 1동 현관문 앞에 뒀다. 반려견의 일상적인 청결이 견주의 건강과 얼마나 직접적인 관계가 있는지, 어떻게 목욕을 시키고 관리해 줘야 하는지 설명되어 있는 책이었다. 걷는 자들에 대해선 전염병이나 옮기는 불결한 존재라며, 한시 빨리 처리해야 한다는 인간이

종일 붙어 다니는 개는 왜 저토록 불결하게 두는지 알 수 없었다. 그렇다고 화이로선 더 이상 참견할 수도 없었다. 사이좋은 이웃까지는 아니더라도 불화하는 관계로 지낼 순 없었다.

화이가 담 곁으로 다가가 말했다.

"이쪽으로 오고 있는 거 맞죠?"

담은 화이가 온 것도 몰랐는지 깜짝 놀란 듯했다. 화이는 늘 목에 걸고 다니는 쌍안경으로 배를 살펴보다가 그것으로 담의 어깨를 툭 쳤다. 담은 화이가 내민 쌍안경을 내려다볼 뿐이었다.

"이걸로 보세요. 갑판에 누군가 있는 거 같아요."

담은 화이가 내민 쌍안경을 내려다보더니 얼굴을 붉혔다. 화이가 담을 향해 한 번 더 흔들며 건네자, 그제야 "아." 하는 짧은 탄성을 지르며 곤란한 표정으로 쌍안경을 받아 들었다.

배는 곧장 강가로 오고 있었는데 백화점 옥상에서 봤을 때보다 속도는 부쩍 더뎌진 것처럼 보였다. 어쩌면 그저 물결을 따라 밀려오는 것인지도 몰랐다. 근처까지 온 배는 천천히 방향을 바꾸더니 갈대숲이 우거진 강변 쪽으로 움직였다.

"뭔가 문제가 생긴 거 같은데요."

담은 쌍안경을 다시 화이에게 건넸다. 그러곤 자신의 모터보트를 향해 빠르게 걸어갔다. 화이도 담의 뒤를 따랐다.

"저도 같이 가요."

화이의 말에 담은 고개를 숙인 채 말했다.

"뭐하러 둘이나 같이 가요? 그냥 여기 계세요. 혹시라도……"

누런 개가 컹컹 짖었다.

"그럴 리야 없겠지만 무슨 일이 생기면, 한 사람은 여기서 상황을 봐야 할 거 같아서……"

담이 또 말끝을 흐렸다. 화이는 고개를 끄덕였다. 누런 개가 이번엔 화이의 바짓단을 코로 들어 올리며 발목을 핥았다. 뜨끈하고 축축한 혀와 뻣뻣한 수염이 닿아 소름이 돋았다. 얼른 뒤로 물러섰다.

담은 강둑에 서 있는 화이를 바라봤다

담은 보트를 타고 가면서 강둑에 선 화이를 바라봤다. 도무지 곁을 주지 않는 화이가 뭐가 좋은지 개는 그 주변을 뛰며 관심을 끌어 보려 애쓰고 있었다.

담은 생각했다. 문제가 생긴다는 건, 저 배에 있는 사람이, 걷는 자가 아닌, '살아 있는' 사람일 경우를 말한다. 살아 있는 사람이 어떤 사람이냐는 중요하지 않았다. 살아 있는 사람이 있다면, 좋든 싫든 변화가 생길 것이다. 그것이 어쨌든 담은 다 꺼려졌다. 반갑게 맞이했던 화이가 이제는 골칫거리고 스트레스라는 사실이 그걸 입증했다. 이른 아침부터 저녁까지 쉬지 않고 걷는 자를 강물로 인도해서 이제야 겨우 살 만해졌는데, 아무 도움도 주지 않은 자가 당연한 듯 여기에 살아갈 것을 생각하면 억울했다. 행여 살아 있는 자가 나타난다 해도, 절대 자신의 집으론 들이지 않으리라 다짐했다.

누구든 살아 있기를 바라던, 그 간절했던 마음은 언제 사라졌을까, 담은 생각했다. 이 모든 게 다 화이 탓인 것만 같았다.

배가 가까워졌다. 보트를 타고 근처에 다다른 담은 능숙하게 견인 고리를 빼내어 선박 상단을 향해 던졌다. 담은 줄을 붙잡고 가까스로 기어 올라갔다. 쌍안경으로 봤을 때는 선박 위에 분명 사람이 있었는데 배에 부딪히는 강물 소리뿐 아무 소리도 들리지 않았다.

"누구 안 계세요?"

공연히 갑판 위를 걸으며 소리를 질렀다. 아무도 보이지 않았다. 칙칙거리는 소리와 함께 어깨에 멘 가방 속에 있는 무전기가 울렸다. 담은 무전기를 꺼냈다.

"역시나 걷는 자들이겠죠?"

화이의 목소리가 무전기를 통해 낯설게 들려왔다.

"당연히…… 그렇겠죠."

담이 대답하자, 불쑥 화이가 말했다.

"실은 저, 그 사람…… 찾았어요."

"누구요?"

"그…… 제가 찾고 있다는 사람 있다고 했잖아요."

담은 이미 알고 있었지만, 시치미를 뗐다.

"아, 네. 그렇군요. 다행…… 인 거죠?"

화이가 잠시 말을 하지 않고 있어서 담은 무전기가 끊어진 거라고 생각했다.

"실은 아주 오래전에 찾았어요."

담은 화이가 또 다른 말을 할 것 같아 귀 기울였지만 치익치익거리는 소음과 바람 소리가 섞여 들렸다. 개가 컹컹 짖는 소리가 아련하게 들렸다. 갑판에 선 담은, 강변에 서 있는 화이를 향해 고개를 돌렸다. 표정은 알 수 없었다. 아마도 화이도 담을 바라보고 있을 것이다. 이윽고, 무전기에서 화이의 목소리가 울렸다.

"당신 말이 맞아요. 시체들을 처리하지 않고 여기서 살 순 없겠죠. 저도 이제 더 노력할게요. 아기는 그래도 안전한 곳에서 낳아야 하잖아요."

그러곤 무전기의 소음이 툭 사라져 버렸으므로 담은 어리둥절했다. 자신이 잘못 들은 것이 아니라면, 분명 화이는 아기를 낳아야 한다고 했다. 그것이 현재의 상황을 이야기하는 건지 미래의 어느 때에 낳고 싶다는 바람을 나타내는 것인지는 알 수 없지만. 담은 고개를 흔들었다. 그럴 리 없다. 아무리 생각해 봐도 관심이나 끌어 보려는 수작이라고밖에는 생각할 수 없었다.

선박의 크기는 작았다. 담이 몰고 온 보트보다야 컸지만 유람선에 비해선 턱없이 작았다. 어디서부터 떠내려 온 배인지는 알 수 없지만, 강에서 운행하기에 적당한 크기라고 담은 생각했다.

그때 갑판 뒤쪽에서 삐그덕거리는 소리가 들렸다. 선실에서 들리는 소리였다. 문이 활짝 열려 있었는데, 그 안엔 두 명의 걷는 자들이 있었다. 안은 텅 비어 있었다. 원래는 의자가 있었던 것 같은데 그것들을 일부러 다 빼놓은 듯했다. 빈 공간이니만큼 걷는 자는 선실에서 몸을 흔들며 꽤나 잘 걷고 있었다. 유니폼이 분명해 보이는, 주황색 긴팔 티셔츠와 방수복 재질의 반바지를 입고, 머리는 군인처럼 짧았다. 얼굴은 검게 썩어 있었는데, 그들 가운데 한 명은 특히 부패가 심해 하얀 이가 밖으로 드러나 보였다.

이상한 점은, 그들은 각자 걷고 있다는 점이었다. 혼자 다니며 걷는 자를 본 적이 없는 건 아니지만, 한 공간에 있는 자들이 줄을 만들지 않는 건 처음 보는 광경이었다. 더구나 그 둘 모두 눈을 뜨고 있었다. 눈을 뜬 시체는 흔했지만 이들은 뭔가 달라 보였다. 두 개의 시커먼 눈알에서, 미라처럼 말라 버린 그 검은 눈알에서, 빛이 느껴졌다. 어쩌면 줄을 서서 걷지 않는다는 점에서 석연치 않음을 느낀 바람에 다르게 보이는 것일 수도 있었다.

담은 메고 온 가방에서 접이식 스틱을 길게 뺐다. 화이에게 이상한 말을 들어서 혼란스러워진 것일 수도 있었다. 아이라니. 화이는 왜 또 거짓말을 하는 걸까. 빤히 드러날 거짓말을. 도대체 왜?

걷는 자는 줄을 만들지 않았으므로 담은 한 사람씩 등을 밀기로 했다. 그들 가운데 조금 더 키가 작은 걷는 자의 등을 먼저 밀어 선실 문밖으로 내보냈다. 걷는 자의 짧게 깎은 뒤통수 뒤로 검은 피딱지가 붙어 있고, 누가 보더라도 움푹 파인 상흔을 담은 발견했다. 하지만 그것을 별다르게 생각하진 않았다. 갑자기 죽었을 테니, 넘어지면서 코나 입이나 머리가 깨진 채 걷는 자들을 많이 봤다.

갑판 끝 데크까지 다다른 걷는 자의 등을 밀어 봐야 키가 작아서 바깥으로 떨어질 것 같지 않았다. 할 수 없이, 담은 몸을 돌려 다른 방향으로 돌아가려는 걷는 자의 발을 힘껏 들어 올렸다. 하지만 걷는 자의 발길에 차여 담은 바닥에 나뒹굴고 말았다. 그 바람에 담은 코가 깨졌다. "시발." 담의 입에서 욕이 나왔는데, 그런 경우는 드물었다. 여지껏 담은 걷는 자를 처리하면서, (물론 실수가 명백한 '한'의 경우를 제외하곤) 대개 경건한 마음으로 임했고, 욕을 한 적이 없었다. 기습적인 공격을 받았다고 생각한 담은 화가 났다.

담은 몸을 돌려 걸어가고 있는 주황색 작업복 사내의 상의를 잡아 질질 끌었다. 머리통을 잡아 뒤집은 채 선박 밖으로 던졌다. 시체는 물속으로 순순히 들어가지 않았다. 떨어지면서 선미에 한 번 쿵, 소리를 내며 부딪히더니 밑으로 쑥, 빠지면서 또 드르륵, 하는 소리와 함께 위로 떠올랐다가 다시 내려갔다. 배를 추진하는 프로펠러에 부딪힌 모양이었다.

담은 손등으로 코피를 닦다가, 소매춤으로 눌렀다. 강물로 완전히 잠겼을 텐데, 시체가 마치 살아 있는 자인 양, 허우적거리며 위로 한 번 더 올라와서 담은 깜짝 놀라고 말았다.

담은 남은 걷는 자를 처리하러 선실로 갔다. 아까와 달리 찬찬히 살펴보았다. 옷의 주머니도 뒤져 보았지만 아무것도 나오지 않았다. 다만 발목 부분의 살이 조금 더 움푹 파인 느낌이 들었지만 부패해 버린 피부에서 무언가를 구분하기는 어려웠다.

담은 한시라도 빨리 걷는 자를 처리하고 싶었다. 이번에는 신중하게 죽은 이의 발목을 발로 치는 것과 동시에 레슬링의 스플렉스 자세로 강물에 던져 넣었다. 담은 자신의 고개를 걷는 자의 어깨에 밀착시킨 후 허리를 감싸 안 듯 두 손으로 잡아 깔끔하게 엎어치기를 하고 보니 뿌듯한 기분마저 들었다. 담은 그만 큰 소리로 웃기까지 했다.

장대로 걷는 자의 등을 조심스럽게 밀어 강물로 인도하던 그동안과는 달랐다. 풍덩, 소리와 함께 걷는 자가 물속에 빠진 것을 보니 기분이 좋아졌다.

　어쨌든 안심은 됐다. 떨떠름하고 불안한 기분을 지우기 위해 담은 괜히 쿵쿵 소리를 내어 갑판을 걸으며 주변을 둘러봤다. 중앙에 있는 객실은 하나였고 남녀 화장실이 하나씩 있었다. 거기엔 걷는 자는 물론이고 아무것도 없었다. 주황색 수건 한 장이 바닥에 떨어져 있을 뿐이었다. 비누나 화장지도 없었다. 아무것도 없는, 이토록 텅 빈 선박 안에서 이들은 무엇을 하고 있었던 걸까. 작업복이 분명한데 회사명이 써 있지 않아 이상한 생각도 들었지만 그럴 수도 있는 법이었다. 배를 고치러 들어온 사람일 수도 있다. 시운전을 하다가 죽음을 맞이한 것일 수도 있었다. 굳이 자세한 내막까지 알 필요 없었다.

　달그락거리는 소리가 들렸다. 담은 걸음을 멈추고 어디에서 소리가 나는지 주변을 둘러봤다. 머리털이 쭈뼛 서는 것 같았다. 딱, 딱, 딱, 뭔가 부딪히는 소리와 함께 분명 사람의 소리 같은 것, 그러니까 신음 소리 같은 게 들렸다.

　소리는 조타실에서 나는 게 분명했다. 하지만 전면이 유리로 되어 있는 조타실엔 항해 기기만 보일 뿐 아무것도 없었다.

담은 총을 꺼낸 후 가방을 바닥에 살며시 내려놨다. 조타실 문을 조심스레 열었다. 밖에서 본 대로 아무것도 보이지 않았는데 문제는 그 뒤로 작은 문이 또 있다는 거였다. 작은 문이 덜컹거렸다. 소리는 그곳에서 났다.

"거기, 누구 있어요?"

담이 침을 꿀꺽 삼키고 애써 아무렇지도 않은 듯 말했지만 실은 무척 떨렸다. 으으, 하는 신음 소리와 뭔가가 부딪히는 듯한 딱딱딱, 소리가 함께 들렸다. 짐승이 내는 소리는 아니었다. 분명 사람의 소리였다. 걷는 자가 신음 소리를 낸 적은 단 한 번도 없었다.

"괜찮아요?"

담이 알 수 없는 대상을 향해 외쳤다. 성인 두 사람이 서 있으면 움직이기도 힘들 만큼 작게 만들어져 있어 뒤쪽에 붙어 있는 작은 문을 연다는 게 내키지 않았다. 행여 그 안에 있는 것이 살아 있는 짐승이라면 담이 꼼짝없이 당할 것 같았고, '걷는 자'라 해도 썩은 몸이 밖으로 나오면서 자신과 몸이 닿을 거라 생각하니 진저리가 났다.

담은 작은 문을 향해 총을 겨눈 채로 있다가, 어쩌면 진짜 아픈 사람이 저 안에 갇혀 있을지도 모른다고 생각했다. 용기를 내기로 했다. 한쪽 손으로 총을 들고, 스틱을 들었던 다른 손으로 문고리를 잡아 조심스레 당겼다. 그와 동시에 사람

머리 하나가 문 사이를 성급하게 비집고 나오려고 했다. 담은 있는 힘을 다해 다시 문을 밀어내려 했으나 당해 낼 수가 없었다. 그것은 걷는 자였다. 살아 있는 자일 리 없었다. 죽은 자가 분명했다. 문이 열린 쪽으로 나가려는 성향이 있는 건 그들만의 특징이니까.

좁은 조타실에 비해 지나치게 큰 의자 때문에 문은 완전히 열리지도 않았고 뒤로 물러서기도 쉽지 않았다. 담은 스틱을 바닥에 떨어뜨리고 뒤로 돌아 간신히 의자 옆쪽으로 몸을 빼냈다. 그러는 사이 안에 있던 걷는 자가 작은 문이 열리는 틈을 비집고 밖으로 나왔다. 버둥대며 나오는 바람에 걷는 자의 발이 의자에 걸려 넘어졌고 하필 담을 향해 그대로 쓰러지고 말았다.

담은 눈을 뜨기도 힘들었다. 걷는 자의 미끈거리는 코와 입술이 목을 누르며 계속해서 버둥댔다. 몸을 빼내기에도 힘이 부쳤다. 결국 걷는 자의 뒷머리를 한쪽 손으로 제끼고 다른 한 손으로 이마를 밀어냈다. 왜 그런지 알 수 없지만 걷는 자의 피부는 지나치게 미끌거렸으며 알 수 없이 따스했다. 담은 걷는 자를 옆으로 밀어내려 움켜진 뒤통수의 머리카락을 힘껏 젖혔는데, 그때 또다시 으으으, 하는 신음 소리 같은 게 들렸다. 죽은 자의 머리카락이 담의 눈을 찔렀다.

간신히 옆으로 밀어냈다고 생각하고 몸을 일으키려 했으

나 이번엔 의자가 뒤집히면서 담의 다리와 걷는 자의 몸통이
열린 문짝 사이에 끼고 말았다. 담은 숨을 헐떡였다. 그때 담
은 걷는 자의 눈을 보았다. 아직 숨이 붙어 있는 자의 것이
분명해 보이는, 번들거리는 검은 눈동자가 담을 원망스레 바
라보고 있었다. 흰자위엔 실핏줄이 터져 있었는데 검은 눈동
자가 데루룩 움직였다.

"어어으. 어?"

죽은 자의 목구멍에서 나오는 소리가 분명했다. 그저 신음
같다고 생각했는데 어찌 보면 허밍 같기도 했다.

"으음음으 으음음 음음 으으."

어디선가 들어 본 적이 있었는데. 슬쩍 붙었다가 떨어지는
아주 얕은 기억 속에서 분명 저런 음율로 이뤄진 노래를 들
은 적이 있었던 것 같은, 아주 흔하고도 익숙한 음정이었다.
시체가 내는 허밍은 결코 아름답지 않았다. 몸이 뻣뻣하게 얼
어붙을 정도로 공포스러웠다. 담은 몸을 일으키려고 손바닥
으로 바닥을 짚고 간신히 상체를 일으켰다. 걷는 자는 이번엔
하얀 이를 드러낸 채 딱딱 부딪혔다. 마치 담을 물어뜯고 싶
기라도 한 듯. 담은 바닥에 떨어진 총을 간신히 잡아 올리고
상체를 일으켜 세웠다. 그리고 죽은 자의 뒤통수에 대고 한
방, 놀란 눈빛으로 자신을 돌아보는 걷는 자의, 생명의 빛이
느껴지는 눈깔을 향해 한 방, 두 방 총을 갈겼다. 걷는 자의

머리통에선 아주 검고 끈적끈적한 피가 쏟아졌다. 머리통에 구멍이 뚫리자마자, 지금 막 죽어 버리기라도 한 듯, 걷는 자는 푹 고꾸라졌다. 그 바람에 담의 다리가 압박되고 가슴이 눌렸다. 담은 너무 지쳤다. 진절머리가 났다. 그동안 걷는 자들을 왜 그토록 거룩하게 대해 왔는지. 죽어 나자빠진 것들에 불과한, 냄새나 풍기는 저것들을, 왜 걷는지도 모른 채 걷기만 하는 것들인데, 지겨운 걸음을 멈추고 진정한 안식에 들어가게 해 주는 자신을 알아보지도 못하고, 누군가를 무언가를 물어뜯지도 못할 이나 딱딱거리고, 장기가 썩어 가며 나는 소리임에 분명한, 이상한 소리를 신음처럼 아니 허밍처럼 내며, '감히' 살아 있는 자신을 겁먹게 하는, 아무것도 아닌 고작 시체 따위가 이렇게 자신을 고통스럽게 하다니. 이럴 수는 없었다. 담은 다시금 분노가 치밀어 올라, 움직이지 않는, 걷는 자의 목에도 한 방, 가슴에도 한 방을 쐈다. 불과 몇 분 전까지만 해도 살아 있었던 양, 피가, 피가 계속해서 시체에서 흘러나왔다. 좁은 공간에서 울린 총소리 탓에 아무 소리도 들리지 않다가, 삐, 하는 소리가 오래도록 울렸다. 담은 안간힘을 내어 기었다. 끈적거리고 여전히 지나치게 따스하게 느껴지는, 시체에게서 벗어나 좁디좁은 조타실 바깥으로 마침내 빠져나왔다.

장면은 흐릿해졌다가 다시 깜깜해졌다. 눈을 찌르는 햇빛 때문에 담은 눈을 감았다. 다시 눈을 뜨니 새가 하늘 위로 날았다. 갈매기인지, 까마귀인지도 분간하기 힘들었다.

허리에 찬 무전기가 울렸다. 화이였다.

"무슨 일이에요? 누가 있었어요? 총소리 맞죠?"

담은 마른 입술을 혀로 핥으며 겨우 소리를 냈다.

"잘못…… 발사됐어요."

"별일…… 없는 거죠?"

"네. 시체를…… 아니, 걷는 자를 처리하고 돌아갈 거예요."

담은 무전기를 끄고 오른쪽 팔로 두 눈을 눌렀다. 별일 아니었다. 아니 별일인지도 몰랐다. 아무 일도 일어나지 않아서, 고작 이런 일 따위가 별일이 되지 않으면 안 될 것 같았다. 담은 알 것 같았다. 화이와 단둘이 살아남았다고 생각했던 이 세상이, 어쩌면 천국처럼 생각했던 세상이, 막을 내릴 때가 되었다는 것을.

파리 떼가 화이의 시야를 가로막았다

날이 더워지자 낮에는 파리가, 밤이면 모기가 기승을 부렸다. 그것들은 걷는 자들을 호위하듯 주변을 윙윙거리다가 작고 검은 구름 조각이 들이닥치듯 화이의 시야를 가로막았다.

화이는 P를 떠나보내고 난 뒤에도, 종종 백화점을 돌아다녔다. 악취는 심각해져서 마스크를 겹쳐 써도 오랜 시간 있기 힘들었다. 화이는 빠른 쇼핑을 마치고 루프탑으로 올라가 간단한 점심을 먹었다. 그리고 쌍안경으로 주변을 둘러보며 경계했다. 가끔 담의 일하는 모습을 지켜보기도 했는데 선박에서 시체를 처리하고 난 뒤부터 담은 어디서 무얼하는지 통 보이지 않았다. 집 안에 틀어박혀 있는 건가 싶다 보면, 어디를 다녀온 건지, 낯선 자동차나 오토바이를 끌고 지친 얼굴로 돌아오는 모습을 보곤 했다. 담을 볼수록 화이는 엄마가 떠올랐다. 담도 자신이 선택받았다고 믿고 있었다. 화이는 독설을 퍼붓고 비웃어 주고도 싶었다. 그러나 그래 봐야 소용없다는 걸 알고 있었고 지금에 와서는 담과의 관계를 애써 망가뜨리고 싶지도 않았다.

화이의 엄마는 시간제 파출부 일을 했다. 맞벌이 가정이나 1인 가구를 다니며 밀린 청소와 빨래를 해 주었다. 사람을 만나는 일은 거의 없었다. 우렁 각시처럼 사람 없는 시간에 들어가 일을 했다. 어느 종교 단체의 기도실 청소도 했다. 그러던 어느 날 끝까지 남아 기도하던 전도사를 만났고, 그로부터 선택받았다는 말을 들었다고 했다. 엄마는 전도사를 따라 공동체 생활을 하겠다며 집을 떠났다. 어린 딸인 화이를 할머니 곁에 남겨 두고.

할머니는 엄마의 소재를 한참이나 수소문해 공동체를 찾아냈다. 고속버스를 타고 내린 뒤 또 시외버스를 탔다. 그러고도 한참을 걸었다. 가을이었지만 낮은 더웠다. 어린 화이는 힘들다고 칭얼댔고 몇 번인가 할머니 등에 업히다 결국 혼나서 눈물바람을 했다. 한참 산길을 걸어 올라가니 울타리가 처진 마을이 별안간 나타났다.

할머니는 한 늙은 사내에게 지폐가 든 두툼한 봉투를 건네주고도 몇 번이나 굽신댔다. 이윽고 화이의 엄마가 색이 바랜 개량한복을 입고 나타났다. 너무도 변해 버린 엄마를 눈 한번 떼지 않고 바라봤으나 엄마는 그런 화이를 슬쩍 건너다보며 "많이 컸네."라고 할 뿐이었다.

할머니는 자신의 가슴을 치고 엄마의 등을 치며 울었다.

"네 새끼도 왔잖아. 이 어린 게 어미 한번 보겠다고 먼 길을 걸어왔는데. 어떻게 눈길 한번 안 줘?"

할머니는 어린 화이를 엄마의 품으로 거칠게 밀어 넣었다. 엄마는 억지로 화이를 안더니 작은 목소리로 속삭이듯 말했다.

"가, 어서 가."

엄마는 엄지발가락이 보일락 말락 해져 있는 양말 위에 삼선 슬리퍼를 신고 있었다. 낡고 보풀이 잔뜩 인 남색 치마 위로 가지런히 내린 엄마의 손등은 거북 등처럼 갈라져 있었고 짧게 깎은 손톱 끝엔 때가 껴 있었다. 엄마는 차가워진 목소리로 "다신 오지 마."라고 말했다.

언제 나타났는지, 엄마와 똑같은 옷을 입은, 늙은 여성 둘이 엄마의 팔짱을 끼고 데리고 갔다. 엄마는 뒤돌아보지도 않았다.

그리고 11년이 흘렀다. 화이는 고등학교 졸업을 앞두고 면접 본 회사의 연락을 기다리고 있었다. 한 병원에서 연락이 왔다. 무연고자들을 받는다는 요양 시설이 있는 병원이라고 했다. 엄마가 왜 거기까지 흘러간 건지는 알 수 없었지만 이미 심각한 알코올중독, 당뇨를 비롯한 갖은 합병증이 있었다. 얼굴은 알아볼 수 없을 정도로 폭삭 늙어 주름이 자글자글하고 거칠었다. 할머니보다 더 늙어 보였다. 양 볼이 오목하게 들어가고 입술이 말려 들어가 있었다. 앞니가 다 빠져 있었다.

도대체 어떻게 된 일이냐고 물어도 엄마는 대답하지 않았다. 멍한 두 눈을 끔벅거릴 뿐. 살 수 있는 날이 며칠 남지 않았다고 했는데, 숨이 붙어 있는 게 기적처럼 보였다. 의사 역시 지금 당장 죽어도 이상할 게 없다고 했다.

엄마는 그렇게 집으로 돌아왔다. 자신의 침대를 죽어 가는 엄마에게 내어준 화이는 마음속 깊이 품었던 그리움도 원망이나 증오도 옅어지는 것을 느꼈다. 딸을 버린 대가로 지옥에서 살다가 다시 또 지옥으로 가는 거라고 생각했다.

할머니는 어디서 구해 왔는지 산삼을 달였다. 엄마의 입을 억지로 벌려 달인 물을 넣었고(엄마는 토했다.) 엄마의 옷을 홀딱 벗겨 앙상해질 대로 앙상해진 몸을 물수건으로 닦으며 "집으로 돌아오면 될 것을 왜 길을 떠돌아. 이게 네 양심이란 거냐. 콱 죽어 버리지. 이 꼴로 왜 나타나."라며 눈물을 흘렸다.

할머니가 벗겨 놓은 엄마의 옷을 빨기 위해 밖으로 나갔다. 비쩍 마르고 쭈글거리는 젖가슴과 새까만 음모를 그대로 보인 채 누워 있는 엄마의 벌거벗은 몸 위로 화이는 이불을 끌어당겨 덮어 주었다. 그때 엄마는 너무도 강한 힘으로 화이의 손을 꽉 쥐었다.

"미. 안. 해."

엄마가 말했다.

얼마 만에 듣는 엄마의 목소리인가. 화이는 가슴이 철렁 내려앉는 느낌이었다. 흐릿한 엄마의 두 눈을 내려다보며 눈물이 나오는 걸 꾹 참았다. 화이가 하고 싶은 말도 할머니와 다르지 않았다. 왜 하필, 이 꼴로 돌아온 거냐고 묻고 싶었다. 하지만 엄마의 목소리를 듣자 상관없다 싶었다. 뭐든 다 용서해 주고 싶었다.

"엄마는 죄를 지었어."

엄마는 마른 입술에 허옇게 말라붙어 있는 혀를 내밀어 천천히 핥았다.

"죄? 무슨 죄?"

화이는 어리둥절한 마음으로 되물었다.

"내가 선택받았다는 걸 믿지 못한 죄. 넌 믿어야 해. 선택받았다는 걸. 그러면 살 수 있어. 어디서든, 무얼 하든."

엄마는 믿을 수 없을 정도로 꽉 잡은 화이의 손을 힘없이 났다. 눈을 감은 채 말을 이었다.

"넌 선택받았어. 그 말 하려고 온 거야."

할머니가 돌아오자, 화이는 서둘러 방을 나갔다. 할머니의 방으로 들어가 문을 닫았다.

새벽녘 할머니의 절규하는 목소리가 들려왔다. 비명을 지르듯 울었고 화이는 엄마가 그렇게 저세상으로 갔다는 걸 알 수 있었다. 자리에서 일어나, 죽은 엄마를 보러, 자식을 잃은 할머니를 달래러 가야 한다는 걸 알았지만 몸이 움직이질 않았다. 화이는 이미 오래전 엄마에게 버려졌음에도 불구하고, 이제야 진짜 버려진 것 같았다. 만약 엄마가, 그냥 미안하다고만 했다면, 그동안 얼마나 외로웠니, 얼마나 힘들었니, 그냥 그렇게만 말했더라면, 자식을 버리는 어리석은 짓을 해서 후회된다고 했다면 어땠을까. 아니다. 그냥 보고 싶어서 왔다고 했다면.

그런데, 죄라니.

선택이라니.

화이는 다짐했다. 엄마를, 엄마 같은 사람을 절대 동정하지도 이해하지도 않으리라……

6장

담은 깊은 잠에서 깨어났다

　담은 집으로 돌아오자마자 깊은 잠에 빠졌다. 머리는 뜨겁고 손가락 하나 까닥할 수 없었다. 잠이 들었지만 또 다른 자신이 방 천장에 붙어서 누워 있는 자신을 내려다보고 있는 것 같았다. 담은 허방에 발을 내려놓듯 몇 번이나 몸을 움찔거렸다.

　누군가 등을 쿡쿡 찔렀다. 돌아보니 검은 얼굴의 사람이었다. 당황스러운 건 고작 막대기 하나로 찌를 뿐인데 도무지 반항할 수 없다는 거였다. 그가 찌르는 대로 몸의 방향을 바꾸며 발걸음을 움직였다. 거북하거나 불편하다기보다는 수치스러웠다. 작대기를 든 자를 증오했다. 물은 너무 차갑고 깊어 보였다. 물큰한 똥 덩어리가 둥둥 떠다니는 더러운 물이었다.

지독한 악취가 풍겼기에 그곳에 빠진다는 것은 끔찍해 보였다. 결코 들어가고 싶지 않았다. 이를 악물고 저항했지만 물이 닿자마자 빨리듯 쑤욱 미끄러져 들어갔다. 시커멓고 더러운 물속으로 몸이 가라앉자 차라리 잘 된 일이라는 생각이 들었다. 발목이 물에 닿을 때만 해도 소름 끼치게 차가웠지만, 몸이 물에 푹 잠기자 오히려 따뜻했다. 물이 더럽다는 생각도 들지 않았다. 자유롭다,는 생각과 더불어 이젠 돌이킬 수 없다,는 생각도 들었다.

담은 눈을 떴다. 몸이 좋지 않았다. 어둠이 깃들기 시작했다. 화이의 자동차가 돌아오는 소리가 들렸다. 담은 다시 눈을 감았다. 현관문을 두드리는 소리가 아련하게 들렸다가 사라졌다.

담은 이틀째 틀어박혀 잠이 들었던 모양이었다. 화이는 그런 담을 걱정했다고 했다. 여느 때와 달리 화이의 말에서는 진심이 느껴졌다. 화이는 직접 만든 거라면서 죽이 담긴 작은 냄비를 식탁 위에 올려놓았다.

담은 "고마워요."라고 말했지만 목소리가 잘 나오지 않았다. 몸이 아프고 힘이 없어 담은 주저앉듯 소파에 앉았다.

"저 근데……."

화이는 현관문 앞에서 머뭇거리더니 뒤돌아서 담을 향해 말했다.

"제가 임신했다는 거…….."

화이의 말에, 그제야 담은 꿈속에서의 일이 아니란 걸 깨달았다. 담은 화이의 배를 물끄러미 바라봤다. 배가 나와 있는지 아닌지 구분할 수 없었다. 원래 통통한 체형이기도 했지만 언제부터인가 화이는 명품 브랜드 옷 대신, 주머니가 많이 달린 등산용 조끼와 헐렁한 티셔츠를 내려 입고 다녔다. 허구한 날 그놈의 쌍안경을 목에 걸고 다녔다. 그 때문에 더 티가 나지 않은 탓도 있겠지만 화이의 변화에 대해 담은 주의를 기울이지도 않았다.

"저도 최근에야 알았어요. 바보같이 그냥 살이 찌고 있다고만 생각했지 뭐예요."

화이는 살짝 고개를 숙이며 쑥스럽지만 자랑스럽다는 듯 미소를 지었다. 자기 몸에 일어난 변화에 대해 어떻게 저토록 무지할 수 있는지 이해되지 않았다.

"생리가 불규칙해서 몰랐어요. 근데 뭔가 이상하다는 생각이 들어서 임신 테스트기를 해 보니 두 줄이 뜨더라고요. 그러고 보니 왜 이러지 싶던 게 다 이해가 가는 거예요. 왜 그렇게 시시때때로 졸렸던 건지, 소변은 왜 그렇게 자주 마려웠던 건지……. 그동안 도서관에서 책을 찾아봤거든요. 자연분만을 해야 하는 입장이라……."

담은 뭐라고 말을 해야 할지 몰랐다. 축하한다고 해야 할지, 아이의 아버지가 누군지를 물어야 할지.

"지금처럼 일을 하는 게 앞으론 좀 힘들 거 같아요. 물론 아기를 낳고 한동안도……."

화이는 겁에 질려 있는 것처럼 보이기도 했다. 고작 죽 한 그릇 가져다주고 자신에게 도움을 요청하려고 하는 건가 싶었다. 담은 소파에서 일어나 주방 쪽으로 걸어가 식탁 위에 올려놓은 생수병을 입에 대고 벌컥벌컥 마셨다. 그러곤 천천히 화이를 돌아보며 말했다.

"알았어요. 늘 그렇듯, 지금처럼 지내면 되잖아요. 그동안 엄청 열심히 일한 것도 아니고. 쉬고 싶을 때 맘 편히 쉬시면 되죠. 제가 뭐라는 것도 아니고. 그렇잖아요."

왜 그러는지 모르겠지만 담의 입에서는 빈정대듯 말이 나왔다. 상처 주고 싶은, 독한 말도 하고 싶었다.

"네. 맞아요. 지금처럼만 지내면 되겠죠."

당황한 듯한 화이의 표정을 보니 기분이 조금 나아졌다. 그럼에도 진짜 묻고 싶었던 말. 그토록 찾아내려 애쓰더니 건물에 가둬 놓고 인형처럼 옷이나 갈아입히다 밖으로 쫓아낸, 그 '걷는 자'가 아이의 아빠인지는 묻지 못했다. 설마 자신의 아이는 아니겠지. 담은 그런 생각이 든다는 것 자체가 우스웠

다. 그날 밤, 그 어설픈 스킨십으로 아이가 생길 순 없는 노릇
이었다. 그럼에도 불구하고, 담은 기대하는 마음이 생겼다. 스
스로 생각해도 이상하다 싶어 고개를 세게 흔들었다.

담은 화이가 나간 현관문을 물끄러미 바라보다가, 다시 주
방으로 걸어가, 식탁 위에 올려놓고 간 냄비 뚜껑을 열어 보
았다. 흰죽이었다. 따뜻한 김이 얼굴에 닿았다. 담은 선 채로
죽을 떠먹었다. 조금 뜨거웠지만 먹기 좋을 만큼 뜨끈했다.
잣을 갈아 넣은 모양이었다. 입안에서 부드럽게 넘어가면서
고소한 맛이 났다. 작은 반찬통에 장조림과 잘게 썬 김치가
담겨 있었지만 열어 보지 않았다. 담은 숟가락 가득 뜬 죽을
후후 불며 먹었다. 오랜만에 든든한 기분이었다. 생각해 보니
화이가 해 준, 아니 누군가 해 준 음식을 먹는 것이 참 오랜만
이었다. 담이 한에게 호감을 느낀 것도 그가 오로지 자신을
위해 음식을 해 주었기 때문이라고 오해하고 싶었던 건지도
몰랐다. 오해로 시작해 파국으로 치닫는 관계가 담에겐 자주
일어나는 일이었다. 화이와도 그랬다.

그날, 그러니까, 화이가 이곳으로 온 지 고작 한 달 남짓 지
난 뒤, 둘의 관계를 완전히 어긋나 버리게 했던, 그날 일을 떠
올렸다.

담은 화이를 소파에 남겨 둔 채 방으로 들어가 잤다. 새벽녘 화이의 울음소리에 잠이 깼다. 문을 열고 나오니 거실 소파에 속옷 차림의 화이가 앉아 있었다. 어두웠지만 창문 밖에서 들어오는 달빛으로, 거실 안은 환했다. 담은 방에서 담요를 하나 들고, 천천히 걸어가 소파에 앉았다. 화이의 흐느낌이 잦아드는가 싶더니 다시 높아졌다. 무슨 말로든 위로하고 싶었지만 뭐라고 해야 할지 담은 알지 못했다. 화이의 울음소리는 차츰 더 커졌다. 담도 따라 울고 싶었다.

그래서 그랬을까. 담은 이제껏 누구에게도 털어놓지 못했던 비밀을 그만 말해 버렸다. 이뤄질 수 없는 사랑에 대해, 어쩌면 청춘을 망가뜨려 버린 사랑에 대해.

"정말요?"

화이는 담의 말을 들으며 어느새 그의 곁에 바짝 다가와 있었다. 목소리는 이미 술이 다 깬 듯했다. 화이의 입에서 시큼하면서도 달콤한 향이 섞여 났다. 가운 속에 드러난 담의 허벅지에 화이의 손가락 끝이 닿았다. 닿는 부분마다 화끈거리는 것 같기도 하고, 소름 끼치기도 했다.

"조금 추워요."

화이는 담이 가져다준 담요는 두고 자꾸 담의 가운을 자기 쪽으로 끌어당겼다. 그 바람에 끈이 풀렸다. 화이의 손이 담의 옆구리에 닿는가 싶더니 등 뒤로 슬금슬금 기어 들어왔다.

담은 헛기침을 했지만 화이는 멈추지 않았다.

"왜, 왜 이래요?"

담이 정색하며 소리쳤지만 화이는 웃음기 어린 목소리로 말했다.

"정말인지 궁금해서요. 제가 이래도 아무렇지 않다는 거잖아요? 그죠?"

화이는 징그러운 코맹맹이 소리를 내며 말했다. 담은 자신의 잘못을 깨달았다. 이토록 경박한 여자에게 왜 속이야길 했는지 후회됐다. 하지만 이미 늦었다. 뜨거운 화이의 또 다른 손이 담의 배꼽 아래로 쑤욱 들어왔다. 어쩌면 이토록 천박하고 대책 없을 수 있는지, 담은 화이가 한심했다. 지금 화이는 담을 모욕하고 싶은 게 분명했다. 시험하고 장난치고 싶은 것이다. 의도가 분명하게 느껴지는 행동이 분명했다. 화이의 징글맞도록 보드라운 손길이 닿는 곳마다 소름 돋았다. 그게 또 화가 났다.

"이러지 마요."

안간힘을 써서 말했으나 그마저도 입안이 바짝 말라붙어 녹슨 기계처럼 빽빽거리다가 겨우 새어 나왔다. 화이의 손길에 제대로 반항하지 못하는 자신이 비참했다. 한편에선 벗어나라는 소리가 아우성쳤고 또 다른 한편에선 어떻든 상관없다고, 이렇게 따뜻한데 거부할 필요 있냐고 속삭였다. 화이의 지나치게 말랑하고 부드러운 살이, 화이에게서 나는, 달콤한 향기와 더불어 시큼한 술 냄새가 담을 자극했다. 담은 그만 화이의 등을 힘껏 끌어안았다. 모든 동작 하나하나가 서툴고 낯설었다. 둘의 살과 살이 맞닿는 곳마다 땀이 흘러, 움직일 때마다 쩍쩍 소리가 났다. 담은 화이의 입술을 열었다. 담은 화이의 입술과 혀와 이를 핥았고 침이 흘러내렸다. 화이의 혀가 담의 혀를 밀어냈다. 그러면서도 손톱으론 담의 등을 꽉 끌어안았다. 살짝 눈을 뜬 담은, 달빛에 비친 화이의 얼굴을 보고 말았다. 화이는 인상을 찌푸리고 숨을 참는 듯했다. 담은 그게 무척 거슬렸고 그제야 정신이 들었다. 담은 화이의 손을 거칠게 잡아떼고 가슴을 밀어내며 말했다.

"지금 뭐 하는 거요?

"네?"

부신 듯 눈을 뜬 화이는 담을 바라봤다.

"누굴 놀리는 것도 아니고. 지금 장난치는 거잖아요."

"장난이라뇨?"

화이는 이유를 알 수 없다는 듯 얼떨떨한 표정을 지었다.

"누가 모를 줄 알아요? 시험해 보는 거잖아요, 지금."

"시험이라뇨?"

"그럼 왜 이러는데요?"

"그냥, 그냥 좀 이러면 안 돼요?"

화이는 여전히 이유를 알 수 없다는 듯 말했다.

"이렇게 몸으로 들이밀면 다 좋아하는 줄 알아요? 꽃뱀도 아니고."

담은 그렇게 말해 놓고선 아차 싶은 기분이 들었지만 묘하게 일그러지는 화이의 표정을 보곤 이미 늦었다는 걸 깨달았다. 화이는 자리에서 일어나더니 자신의 옷가지를 주섬주섬 챙겨들었다.

"어떻게 그런 말을……."

화이는 울먹이며 말을 이었다.

"난 그냥 좀, 뭘 하자는 건 아니고."

화이는 벌거벗은 채 자신의 옷가지를 한 손으로 움켜잡은 채 몸을 떨었다.

"나, 나도 견뎠다고. 당신한테, 당신한테……. 왜 당신을 그토록 싫어하는지 정말 모르는 거야? 누군들 당신을 좋아하겠어? 당신 같은 사람을!"

화이는 떨리는 목소리로 말했고 담의 얼굴이 화끈거렸다.

"뭐, 뭐라고?"

"다신 나 부르지 마, 이 병신 새끼야!"

화이가 뒤돌아 담을 향해 빽 소리를 질렀다.

"내, 내가 할 소리!"

간신히 대꾸했지만 화이는 담의 대답을 듣지도 않은 채 문을 쾅 닫고 나가 버렸다.

담은 너무 화가 나 숨을 헐떡이다가 소파에서 일어났다. 풀어헤쳐진 가운을 허탈한 시선으로 내려다보았다. 창가에 선 담은 달빛이 비추는, 자신의 허연 배를 내려다보았다. 팬티는 발목까지 내려가 있었다. 담은 체모 속에 파묻힌 작고 주름진 그것을 내려다 보았다. 서글퍼졌다. 담은 소파에서 일어나 팬티를 올려 입고 가운의 끈을 잡아 단단하게 멨다. 그러곤 자신의 방을 향해 걸어갔다. 더 이상 화이를 이해하려 노력하지 않을 거라고, 이토록 자신을 모욕한 화이를 절대 용서하지 않을 거라고, 담은 생각했다.

화이는 자신의 첫 거짓말을 기억한다

화이는 자신의 첫 거짓말을 기억한다. 그것은 '엄마가 출장 갔다'는 말이었다. 어린 시절 친구들의 엄마는 회사를 다니거나 장사를 하거나 혹은 집안일을 했다. 이혼을 해서 따로 산다는 친구의 엄마도 있었지만, '종교에 미쳐서' 집을 나간 엄마를 둔 아이는 그녀가 유일했다.

어느 날 화이는 엄마의 부재에 대해 '출장을 갔다'는 거짓말을 했다. 출장지는 중국이나 일본이었다. 그곳에서 사 온 선물이라며, 세계 과자 할인점에서 산 과자를 친구들에게 돌렸다. 그러자 화이를 대하는 친구들의 태도가 달라졌다. 친구들 사이에서 희미했던 화이의 존재감에 색채가 입혀지는 것 같았다.

첫 번째 거짓말은 시간이 지날수록 정교해졌다. 반면에 다른 거짓말들은 성의 없이 아무렇게나 지어내느라 기억도 나지 않았다. 누군가 그걸 지적하면 "네가 잘못 기억하는 거겠지."라거나, "난 그런 적 없어."라고 당당하게 굴면 대개는 어물쩍 넘어갔다. 아니 넘어간 줄 알았다. 그게 반복되다 보니 화이 곁에 있던 친구들은 하나둘 사라졌다. 하지만 화이는 거짓말을 멈출 수 없었다. 상황에 맞게, 기분이 좀 그래서 하게 되는, 별것 아닌 거짓말들을 아무렇게나 했다. 굳이 그럴 필요가 없다는 걸 알고는 있었지만, 거짓말하는 순간엔 반드시 그래야만 하는 이유가 있었다.

솔직하게 자신의 이야길 털어놓기도 했다. 하지만 그걸 듣는 상대는 대개 '믿지 못하는' 표정을 지었다. 화이는 진실을 말하고도 스스로 거짓말 같다는 생각을 떨쳐 버릴 수 없었다.

거짓말의 세계에선, 일이 바쁜 엄마 때문에 외로운 사춘기 시절을 보내야 했다. 그런 딸을 위해 출장지에서 돌아온 엄마는 어린 시절엔 과자 정도에 그쳤지만, 중고등학생이 되자 가끔은 과분한 선물, 명품 운동화나 옷, 가방을 선물해 줬다.

화이는 명품과 똑같이 만든 것은 물론이고 생산 공정마저 같다는, 하이엔드급 혹은 프리미엄급, SA급 가품을 사러 동대문 시장이나 이태원을 돌아다녔다. 진품도 아니건만 큰돈이 필요했다. 그 때문에 화이는 학생 시절부터 아르바이트를 하며 끊임없이 돈을 벌어야 했다.

거짓말의 세계에선, 기껏 모은 재산을 사기꾼에게 털린 엄마가 빚쟁이에게 쫓겨 도주해 버린 바람에 할머니와 살게 된, 한때는 꽤 사는 집 외동딸이라는 정체성을 갖게 되었다.

거짓말의 세계에선, 그렇게 숨어 버린 엄마가 어느 날 갑작스러운 죽음을 맞으며 화이는 소녀 가장이 되었으나 용기를 잃지 않고 꿋꿋하게 살아갔다. 드라마에나 나올 법한 전개는 그녀를 만족시켰다.

다른 거짓말들, 별것도 아닌 시시껄렁한 거짓말들은 그녀에 대한 신뢰를 무너뜨리기도 했으나, 첫 번째 거짓말에서 시작되어 나날이 정교한 서사를 쌓아 가는 화이의 인생은 세상이 망하기 전까지 그녀를 지탱해 주었다. 거짓말이 있었기에, 화이는 종종 동정을 샀고 가끔 호감도 얻었다. 화이는 거짓말의 세계가 진짜처럼 느껴졌다.

하지만 화이는 담에게만은, 첫 번째 거짓말에서 파생된 이야기를 하지 않았다. 대신 사소한 거짓말들, 가령 P에 관한 것만은 진실을 이야기할 수 없었다. 그러기엔 자존심이 상했다. 담이 자신의 성 정체성에 대해 털어놓았을 땐 당황스럽기도 했으나, 안심은 됐다. 겁탈당할지도 모른다는 두려움에선 벗어날 수 있었다. 그렇게 가벼워진 마음으로 화이는 담을 시험해 본 것인지도 몰랐다. 아니다. 화이는 따듯해지고 싶었다.
그러면서 P는 분명 자신에게 마음이 있었던 게 분명하다는
확신도 얻었다. 그렇지 않고서야 그날 차 안에서 화이에게 그
럴 순 없었다.

그 일이 있은 뒤부터, 담은 눈에 띄게 화이에게 거리를 뒀
다. 화이도 담과 가까워지고 싶지 않았다.

더구나 그로부터 며칠 뒤 화이는 담이 강가에서 시체에게
행한 추악한 짓을 쌍안경으로 봤다. 구역질 나는 짓이었다. 다
행이란 생각도 들었다. 그동안 담을 경멸한다는 것을 티 내지
않으려 노력했는데 이젠 그럴 필요가 없어졌기 때문이다.

화이는 며칠째 도서관을 드나들며 자연주의 출산에 관련
된 책들을 모았다. 막연했을 땐 불안했지만 정보를 쌓아갈수
록 용기도 생겼다. 개도, 고양이도, 쥐마저도 홀로 새끼를 낳
는다. 못할 까닭이 없었다. 화이는 차를 철문 앞에 세워 뒀다.
차에 넣어 둔 책을 옮길까 생각했지만, 너무 지친 탓에 그 일
은 내일로 미루기로 했다.

그때 철문 쪽으로 다가오는 표범을 화이는 보았다. 아니,
치타인지도 모른다. 호랑이는 분명 아닌 것 같았다. 맹수는 요
염한 자세로 화이를 노려보았다. 화이는 어떻게 해야 좋을지
몰랐다. 뒤돌아서면 당장이라도 달려들 것만 같았다. 화이는

슬금슬금 뒷걸음질로 세워 놓은 차를 향해 갔다. 먹잇감을 노리는 신중한 자세로 맹수 역시 화이를 향해 다가오고 있었다. 그 자세가 어찌나 우아한지 공포에 사로잡힌 화이의 눈에도 신비롭게 느껴질 정도였다.

평소엔 개 떼를 피하기 위해 극도로 조심했다. 차를 댈 때도 주변을 충분히 경계하고 철문 가까이 주차를 해서 얼른 문을 열고 닫았다. 그런데 오늘은 무슨 베짱으로 빈손으로 온 걸까. 주머니엔 폭죽도 접이식 스틱도, 없었다. 늘상 목에 걸고 다니는 쌍안경뿐이었다. 이거라도 던져야 하나. 뒤에서 담의 목소리가 들렸다.

"가만히 서 있어요."

화이가 멈춰 섰다. 맹수는 몸을 웅크렸다. 저렇게 도약하는 거겠지, 화이는 생각했다.

그때 귀를 찢는 총소리가 들리더니, 코끝을 알싸하게 하는 화약 냄새가 진동했다. 맹수는 총에 맞지 않았고, 반대편 길로 도망갔다. 다리에 힘이 풀리는 것만 같았다. 간신히 서 있었다.

담은 아무 말도 않고 그런 화이를 가로질러 철문을 열었다. 화이가 뒤를 바짝 따라갔다. 담은 뒤돌아 화이를 바라보며 물었다.

"근데…… 진짜예요?"

담이 말했다.

"뭐가요?"

"아기를 가졌다는 거."

화이는 걸음을 멈추고 얼굴을 붉힌 채 말했다.

"진짜죠, 당연히."

화이는 그렇게 말하면서도, 자신의 말이 진짜, 거짓말처럼
들렸다. 담은 조금 더 빠른 걸음으로 앞서 걸어가며 말했다.

"그렇다면, 제 생각은 그래요. 그 아이는 어쨌든…… 우리
둘의 아이잖아요. 어차피…… 어차피…… 이 세상엔 우리 둘
만 있으니까……. 안 그래요?"

담의 말은 화이를 묘하게 안심시켰지만, 동의하고 싶진 않
았다.

"어차피 이 세상엔 우리 둘만 있으니까……."

화이는, 담의 말을 따라 중얼거리듯 말했다. 이번엔 담이
화이의 말투를 흉내 내며 말했다.

"그래요. 하필! 우리 둘만 있으니까."

"그래요. 하필."

화이가 또다시 담의 말을 따라 하자 이번엔 참지 못하겠다
는 듯 화이를 노려보느라 담은 걸음을 멈췄다. 화이는 아까
맹수를 보고 넋이 나가 있는 것뿐이었다.

"난 좋은 사람은 못 되지만 그렇다고 그렇게 나쁜 인간도

아니에요. 난 지금처럼 당신을 도울 거예요. 당신 배 속의 아기는 죄가 없으니까. 당신도 이젠 정신 차리고 일 좀 해요. 나를 좀 도우라고요. 백화점을 돌아다니면서 쓸모없는 물건이나 집어 오는 짓은 그만하고 옥상에 올라 나를 염탐하는 짓도 그만두고."

화이는 비로소 정신을 차린 듯 홱 고개를 돌려 담을 쳐다봤다.

"나도 쉬지 않고 일했어요, 당신처럼! 밥 먹고 쉬는 시간마저 옥상에 올라 주변을 경계하는 걸 염탐이라고 하나요? 요 며칠 다시 백화점에 간 건 태어날 아기에게 필요한 물건들을 구하려고 그런 거라고요. 한 번이라도 거길 들어가 본 적 있어요? 어둡고 더럽고 바퀴벌레와 쥐가 들끓는, 어디서 불쑥 줄을 짓는 시체들이 나올지 모르는, 끔찍한 냄새가 나는 그곳을 돌아다니며 물건을 갖고 나오는 게 얼마나 힘든 일인지 알기나 하냐고요. 그리고 난 당신을 돕는 존재가 아니에요. 내가 해야 할 일을 하고 있다고요."

담은 기가 차다는 듯 화이를 돌아봤다. 화이는 자신이 이렇게 말하는 게 별 도움이 되지 않는다는 것을 알고 입술을 깨물었지만 멈출 수 없었다.

"애는 나 혼자 얼마든지 낳을 수 있어요. 난 당신보다 훨씬 더 젊고 건강하니까. 어떻게든 잘해 낼 거예요. 고작 시체나 강물에 버리는 주제에 대단한 일이라도 하는 양 굴지 말아요. 지금 애를 낳는 건 나라고요, 당신이 아니라. 신의 선택? 만약 그런 게 있다면 누굴 선택할까요? 새로운 생명을 태어나게 하는 나일까요, 아니면 이미 죽은 자를 죽게 만드는 당신일까요?"

화이는 담을 밀치고 앞서 걸어갔다. 이제야 좀 속이 후련했다. 그러고도 미진한 기분이 들었던 화이는 기가 질린 듯 입을 벌리고 있는 담을 향해 손가락질을 해 대며 한마디 더 했다.

"이 집도! 이 집의 진짜 주인도 당신은 아니잖아요."

7장

담은 지하를 헤맸다

지하가 그저 텅 빈 곳은 아니었다. 미로를 만드는 벽과 곳곳에 숨겨진 작은 방들이 있었다. 간신히 길을 좇을 정도지만 드문드문 핀 조명도 설치되어 있었다. 미로를 따라가다 보면, 게임의 보너스처럼 작은 방들이 나왔다. 주기적으로 관리해 온 것이 분명한, 비상식량으로 가득 찬 방도 있었고 각종 씨앗들이 보관된 저온냉장고와, 작동시키면 언제든 재배가 가능한 식물 재배기가 있는 방도 있었다. 방독면과 총기류가 있는 방도 있었고, 방법은 모르지만 송수신을 할 수 있는 무전 시설로 가득 찬 방도 있었다.

도대체 얼마나 넓은 건지 알 수 없는 지하공간엔 여러 개의 출구도 있었다. 맨홀 뚜껑과 똑같이 만든 덮개를 열고 위로 올라가면 강둑이 나왔다. 어떤 건물인지 알 수 없으나 지하도로 연결된 문도 있었다. 빨간 비상등이 켜진 것으로 봐서 지하로 연결된 곳은 나가기 곤란한 상황에 처한 것이 분명했다. 국회의사당으로 나가는 곳과 육지를 잇는 다리 바로 옆으로 나오는 출구도 있었다. 그렇게 지상으로 올라가면 전혀 새로운 곳으로 연결됐는데, 그때마다 담은 축지법을 쓰는 것처럼 즐거웠다.

아무리 큰 즐거움이나 기쁨도 혼자만 안다는 건 시시한 일이었다. 담은 화이에게 지하의 길에 대해 일러 주고 싶었다. 화이를 조금 더 벌줘야 했지만, 너른 아량으로 용서해 줄 요량으로 지하 탐색을 권했으나 화이는 번번히 거절했다.

빌어먹을! 담은 중얼거렸다. 화이의 그런 점에 담은 너무 화가 났다. 화이는 간단한 일도 순순히 따르는 법이 없었다. 처음엔 그러려니 했으나 시간이 지날수록 화이의 크고 작은 거부가 거슬렸다.

아기를 낳는 것도, 키우는 것도 기꺼이 돕겠다고 했는데, 고맙다고는 못 할 망정 그마저도 거절하다니! 모든 게 완벽한 이 집에서 살게 된 게 누구 덕분인데. 그런데 이 집의 주인이 아니라며 따지기까지 하다니. 너무 분한 담은 바닥을 발로 굴렀다.

담은 그런 화이를 철저히 외면하리라 마음먹었으나 그게

제대로 될 리 없다는 것도 잘 알았다. 처음엔 당황스러웠지만, 화이가 아기를 낳을 걸 상상하니 담은 기뻤다. 그 마음을 이해할 순 없었지만 기대되는 마음은 감출 수 없었다.

화이가 낳은 아기, 그 아이가 자신을 아빠라고 부른다면? 아니다, 그냥 아저씨라 해도 상관없었다. 담은 아기가 잘 클 수 있도록 노력과 시간을 기꺼이 내줄 터였다. 만약 아이가 자신을 좋아한다면? 이런 상상에 이르면 어쩐지 몸이 근질거렸다. 이런 마음이 자꾸 자라나는 까닭을 알 수 없었다. 담은 그런 생각을 하면서 긴 시간, 미로 같은 지하를 헤매며 걷고 또 걸었다.

담은 선박에서 이상한 '걷는 자'를 만나고 난 뒤부터 일하러 갈 엄두가 나지 않았다. 장대를 들고 걷는 자들을 강물로 인도하는 일, 고되지만 뿌듯했던 그 일이 꺼려졌다. 그동안 어떻게 그 일을 싫게 느끼지 않았는지, 일하는 게 신나서 아침마다 저절로 눈이 떠졌던 건지 이상했다. 이젠 걷는 자들 가까이에 가는 것만으로도 몸이 떨렸다.

배에 있던 걷는 자는 그동안 봐 왔던 걷는 자들과는 많은 면에서 달랐다. 피부의 부패 정도가 심했던 것에 비해 입고 있는 옷 상태는 지나치게 깨끗했다. 화이가 그랬던 것처럼, 누군가 시체에 옷을 갈아입힌 게 아니라면 그렇게 깨끗할 리 없었다. 그 일이 있고 6개월가량 흐른 지금까지 계속 해서 걸었다면, 옷은 해지고 낡아 있어야 했다. 배가 강물을 오랜 시간 떠돌아다녔다면 배의 상태도 그렇게 좋을 리 없었다. 조금 더 살펴보지 않고 걷는 자를 바다로 빠뜨렸던 조급함을 자책했다. 그리고 자신이 총으로 난사했던 그 '걷는 자'에 대한 생각이 미치자, 더욱 우울해졌다. 살아 있는 사람을 죽인 뒤 시체를 은닉하는 사람처럼 허겁지겁 바다에 빠뜨렸다. 며칠을 앓고 나서 담이 가장 먼저 한 일도, 선박으로 다시 돌아가 피투성이가 되어 있는 조타실과 갑판 위를, 락스 푼 물에 담근 걸레로 닦는 거였다. 배를 샅샅이 뒤졌지만 그들의 정체도 그들이 무엇을 했는지도 알아낼 수 없었다.

담은 두 손으로 얼굴을 감쌌다. 아무것도 생각하고 싶지 않았다. 그동안 당연하다고 생각해 왔던 것들, 그러니까 지금 이 세상에 살아남은 자가 단둘뿐이라는 것. 그것이 하필 마음에 들지 않는 화이기긴 하지만, 그래도 마치 세상의 처음을 맞이한 아담과 하와처럼 선택되었다는 달콤한 생각이 깨지는 것이 두려웠다. 그래서 조금 더 적극적으로 살아 있는 누군가를 찾아보지 않은 것인지도 몰랐다. 사실 그렇게 알아봐야 무슨 소용이 있을까. 담으로선 지금 이 상태가 마음에 들었다. 이곳에서 새로운 삶을 살아가는 게 좋았다.

아무리 관리를 잘해 왔다 해도 지하엔 눅눅한 곰팡이 냄새와 코를 찌르는 퀴퀴한 냄새도 났다. 다시 그의 집으로 올라가야 한다. 하지만 미로는 자꾸 새로운 길로 연결되었고, 또다시 새로운 출구로 담을 이끌었다. 집으로 가는 길을 못 찾겠다면 아무 출구로든 나가서 지상의 길로 돌아가면 그만이었다. 물론 그럴 생각은 전혀 없었다. 담은 지하의 미로를 어쩌면 즐거운 마음으로 걷고 걷고 또 걸었다. 담은 생각하고 싶지 않은 생각과 위험한 생각을 덮을, 유익한 생각을 떠올려 보았다.

이 세상에, 비록 담과 화이가 아닌 또 다른 누군가 살아남았더라도, 지금 이 순간 담이 살아 있다는 것이 중요했다. 선택받지 않은 채 살아남은 사람은 선박에 남아 있던 세 명의 '걷는 자'들처럼 죽을 것이다. 자신은 절대 그렇게 죽지 않을 것이다. 그들과 달리 자신만이 '선택'받았다는 믿음이 잠시나마 흔들렸다는 것이 불경스럽게 여겨졌다. 어리석은 화이의 독설 때문에 잠시 흔들렸지만 담은 곧 생각을 고쳐먹었다.

그렇다. 살아남은 자가 또 있다 하더라도, 그들은 결코 선택받은 자가 아닐 것이다. 이토록 완벽한 집을 차지하고 또 관리할 수 있는 자는 담 하나뿐이라는 것이 그 증표라고 생각했다.

화이는 이제야 완벽한 세상이 됐다고 생각했다

트램펄린 위에서 누군가 폴짝폴짝 뛰고 있었다. 그건 분명 '아이'였다. 아주 작은 아이였다. 머리카락이 위로 솟았다 내려앉았다. 발갛게 달아오른 볼에 스쳐 가는 바람의 상쾌함이 느껴질 정도였다.

트램펄린을 가져다 놓은 건 화이였다. 이곳으로 오고 얼마 지나지 않아 어느 상점 앞에 전시돼 있던 작은 트램펄린을 차에 싣고 왔다. 주로 다이어트용으로 쓰는 트램펄린이라 크지는 않았다. 탄탄하고 매끈한 표면에 맨발바닥을 대고 가만히 서 있는 것만으로도 기분이 좋았다. 팔짝 솟아오를 때마다 기분도 따라 출렁거렸다. 하지만 그것으로 끝이었다. 화이는 신발을 다시 신었다. 그 뒤로 한 번도 트램펄린을 탄 적이 없었다.

지금 저 트램펄린을 타고 있는 아이는 누굴까. 반짝이는 검정 머리칼이 경쾌하게 팔락였다. 화이는 작고 소중해 보이는 아이를 향해 다가갔다. 아이는 화이와 눈이 마주쳤다. 너무도 눈부시게 느껴지던, 작은 아이. 트램펄린에서 폴짝 뛰어내린 사람은, 실망스럽게도 '담'이었다.

담은 머쓱한 표정을 지으며 머리를 긁적였다. 아무리 담의 키가 작다 해도 아이로 착각할 정도는 아닌데. 화이는 담에게 다가갈 때 너무 환하게 웃은 터라 머쓱해졌다.

"가지셔도 돼요. 전 그거 탈 일이 없으니까."

화이가 말했다. 그러곤 급히 뒤돌아섰다. 화이는 2동의 디지털도어록 비밀번호를 누르려다 흘깃 담을 돌아봤다. 눈이 마주친 담은 고개를 돌린 채 말했다.

"지난번엔 미안했어요."

화이는 가만히 서서 현관문을 바라보다가 천천히 뒤돌아 담을 보았다.

"뭐가요?"

"그러니까…… 앞으로 돕는다는 말 안 쓸게요. 돕는다는 건 사실 이웃끼리 얼마든지 쓸 수 있잖아요. 그게 화낼 일인가 싶지만. 임신하면 좀 예민해지기도 한다니까. 아니, 그렇다고, 당신을 탓하려는 건 아니에요. 그냥, 저녁이나 같이 먹죠.

오랜만에."

담은 그렇게 말하고는 고개를 살짝 숙였다. 그렇지 않아도
화이는 출출했다. 아까부터 1동에서 맛있는 냄새가 흘러나와
침이 고였다. 크림파스타를 만들고 있는 모양이었다. 며칠 전
부터 화이는 파스타가 몹시 먹고 싶었다. 입안에 침이 고였는
데 삼키자니 소리가 들릴까 봐 아무 말도 할 수 없었다. 담이
성급하게 말을 이었다.

"밥 한 끼 정도는 같이 먹을 수 있잖아요. 함께 먹은 지도
한참 됐고. 먹으면서 이야기나 해요."

속셈이 뭘까 싶을 정도로 담은 우호적인 낯빛으로 말했다.
화이는 못 이기는 척, 고개를 끄덕였다. 담이 1동을 향해 앞
서 걸었고 화이는 가방을 멘 채 몇 걸음 뒤에서 그를 따라 걸
었다.

담의 집인 1동에 들어선 건 오랜만이었다. 술김에, 아니 호
기심에, 어쩌면 그저 욕망이었을까, 담의 품을 파고들고 난 뒤
처음이었다.

그 일에 대해 화이는 사과하지 않았다. 사과할 필요가 있
을까 싶었다. 그 일이 벌어진 게 화이 탓만은 아니니까. 담도
책임이 있다고 생각했다. 싫다는데 자꾸 술을 권했고, 그리고
여지를 줬다고 생각했다. 그러지 않고서야……

그 일에 대해선 둘 다 아무 말도 하지 않았다. 아무 일 없는 듯 굴었지만 화이도 담도 서로를 대하는 태도는 확연히 달라졌다. 담은 더 이상 화이에게 밥을 같이 먹자고 하지 않았다. 디브이디 같이 보자는 말 따위도 하지 않았다. 꼭 해야 할 말이 있을 때도, 화이와 눈을 마주치지 않았다.

화이도 혼자 지내는 게 지루하지 않았다. 1동 앞 작은 정원에, 화이는 옥수수 알을 심었다. 씨앗을 심을 때만 물을 흠뻑 주었을 뿐, 아무것도 하지 않았는데 싹이 비죽 올라왔다. 두 달도 채 되지 않았으니 아직은 그저 조금 자란 모종에 지나지 않지만, 좁고 긴 푸른 잎사귀가 축 늘어진 것이 크기만 작을 뿐 어엿해 보였다. 몇 개월이 지나면 키가 자라고 수염을 단 옥수수가 열리겠지. 화이의 머릿속엔, 들어가면 길을 잃을 정도의 드넓은 옥수수밭이 펼쳐졌다. 하지만 상상 속 옥수수밭을 일구기엔 이 섬은 너무 작았다.

알람이 울렸다. 담은 타이머를 끄더니 끓는 물에서 파스타 면을 건져 냈다. 화이는 옆에서 방울토마토를 씻었다. 묻지도 않았는데 담이 화이에게 말했다. "그거요. 지하 벙커에 있는 식물 재배기에서 따 온 거예요. 이런 건 거기서 재배하는 게 낫겠더라고요. 그거 작동하는 법 알아내느라 고생했어요. 물론 이렇게 성공했지만요."

화이는 그저 흐응, 하고 웃었다. 담은 당연하다 싶은 일에도 매번 과도하게 의미를 부여했다. 마치 세상 모든 일을 자신만이 알고 있다는 듯, 자신보다 잘하는 사람은 없다는 듯.

최근에는 담이 걷는 자를 처리하는 걸 보지 못했다. 온종일 어디에 있나 싶었는데 지하에 있었던 모양이었다.

담은 접시에 파스타를 담았다. 그는 콧노래를 부르고 있었다. 화이가 쳐다보는 걸 깨닫자 담은 쑥스러운 듯 웃었다.

"생각해 보니까 말이죠. 만약 세상 사람들이 모조리 죽지 않았다면 전 지금도 유독가스나 맡으며 컴컴한 맨홀 아래서 시궁창 물을 퍼내고 하수도관 청소나 했겠죠. 그땐 그 일이 나쁘지 않았는데. 보람도 있었고요. 근데 이렇게 요리하고 음악 듣고 그러는 게 진짜 사람 사는 맛이잖아요. 그땐 어떻게 일만 하고 살았는지⋯⋯."

화이는 담이 하수구 청소를 하던 사람이란 걸 처음 알았다. 담은 화이에게, 설비 일을 한다고 했다. 그래서 집 안 구석구석 고치는 일에 능숙한 거라고. 놀랍진 않았다. 화이도 담에게 백화점 브이아이피를 상대하는 매니저라고 했지, 브이아이피 손님의 차 키를 받아 발레파킹을 하다가 차단기 버튼을 누르게 된 주차 요원이란 말은 하지 않았으니까.

"어차피⋯⋯."

담이 말했다.

"쓰레기 같은 인간들이었어. 몰려다니는 꼴은 하나도 변하지 않았지."

담은 혼잣말을 하고 있다는 사실조차 깨닫지 못할 정도로 자주 혼잣말을 했다. 그건 화이도 마찬가지였다.

"이제야 완벽한 세상이 됐지."

담의 혼잣말에 화이도 대꾸하듯 혼잣말을 했다. 담은 그런 화이를 쳐다보았다. 둘은 처음으로 서로의 눈을 마주 보며 슬쩍 웃었다. 그것은 공모자의 미소에 가까웠다.

담은 개가 짖어 대는 소리를 들으며 브람스를 틀었다

개들이 짖어대고 있었다. 한때는 애완견이었던 녀석들은 인간들의 손에서 놓여나자마자 빠르게 야생화되었다. 여전히 목줄을 하고 있으면서도 살아 있건 죽어 있건 사람에 대해선 이상하다 싶을 정도로 적대적이었다. 시체가 걸어 다니는 것을 참을 수 없다는 듯 따라다니며 짖어 대더니, 나중엔 물어뜯기까지 했다.

사람과 가장 가까웠던 그것들은 어쩌면 걷는 자를 흉내라도 내듯 몰려다녔다. 서너 마리 정도 되는 무리도 있었으나 규모를 알기 힘들 정도로 큰 무리도 있었다. 개들은 걸어 다니는 시체를 보면 무조건 물어뜯었다. 배가 고파서도 아니었다. 단지 유희로 그렇게 물어뜯고 따라다니는 것 같았다.

양 떼를 인도하듯 작대기를 들고 다니며 걷는 자를 인도하는 담에게 가장 두려운 존재도 개 떼였다. 폭죽을 터뜨리기도 하고 경찰서에서 구해 온 총을 쏘기도 했다. 기세를 잡았다고 생각해도 틈만 보이면 달려들었다. 그때 누런 개가 제 역할을 했다. 고작 한 마리지만 누런 개가 담과 함께하면서, 순조로이 일을 마칠 수 있었다. 사납고 맹렬하게 짖어 대는 까닭인지 누런 개가 담 주변을 호위해 주는 동안 개 떼는 담을 공격하지 않았다.

지금 개들이 이토록 짖어 대는 데는 뭔가 심상치 않은 이유가 있는 게 분명했으나, 담은 깊이 생각하지 못했다.

모처럼 함께한 식사 시간이었기에 긴장하고 있었다. 상대의 마음을 떠보기에 바빴고 말 한마디, 행동 하나에도 의미를 찾으려 애썼다.

그동안 화이는 담이 내준 음식을 먹을 때마다 젓가락으로 세는 폼이 영 못마땅했는데, 오늘은 파스타를 포크에 돌돌 돌려 먹으며 맛있다는 칭찬도 여러 번 했다.

어쩌면 그동안 화이가 음식을 먹지 않았던 이유는, 진짜 입맛에 맞지 않아서였는지도 모른다는 생각이 처음으로 들었다.

"천천히 드세요."

담은 화이의 금세 비워지는 접시 위에 파스타를 덜어 담았다. 이런 걸 봐도 화이는 '진짜' 임신한 게 분명했다. 화이의 몸도 처음 봤을 때보다 더 두둑하게 살이 오른 것 같았다. 헐렁하게 입은 조끼 안의 배가 조금은 불룩 튀어나온 것 같기도 했다.

"제가 즐겨 듣는 음악인데 들어 볼래요?"

요즘 담은 이 집에 살던 노부부가 즐겨 듣던 음악, 그 가운데 클래식 LP를 듣고 있었다. 공간을 스미듯 은은하게 울려 퍼지는 스피커의 울림이 좋았다. LP의 한 면이 들려주는 곡이 한 시간도 안 되어 번번히 갈아 끼우기가 번거로웠지만, 담은 이 수고스러운 행위가 기품을 만들어 주는 것 같았다.

"이건 브람스 교향곡 1번이에요. 근사하지 않나요?"

담의 말에 화이의 표정이 미묘하게 변했다. 슬쩍 미소를 짓는 듯 보였지만, 입술을 앙다물더니 중얼거리듯 말했다.

"브람스요……?"

화이가 피식 웃는 바람에 담은 기분이 상할 뻔했다. 하지만 담은 화이가 음악의 진가를 알 리 없다고 생각했다. 함께 자주 듣다 보면 화이도 자신처럼 '듣는 귀'가 트일지도 모르겠지만. 담은 콧노래를 부르며, 어제 내내 들었던 '한국인이 즐겨 듣는 클래식 명반 1'을 부드러운 수건으로 톡톡 두드리듯 닦아, 비닐이 들어 있는 종이 커버에 조심스럽게 끼워 넣었다.

"요즘엔 걷는 자들을 강물에 넣는 일은 안 하시나 봐요?"

화이가 무심한 어조로 물었지만 담은 뜨끔했다.

"그게, 다른 할 일이 많아져서. 혹시 모를 일들을 대비해야 하니까. 걷는 자들을 싣고 들어온 선박을 고쳐 놓고. 또, 내려가 보지 않으셔서 모르겠지만, 지하공간은 살펴봐야 할 게 많아요. 없는 게 없는 거대한 방공호인데, 그만큼 일일이 사람 손으로 관리해야 하거든요. 아침부터 저녁까지 너무 바빠요. 요즘엔 어찌나 피곤한지 걷는 자를 처리할 때보다 더 힘들어서 음악을 듣다 그냥 곯아떨어지기도 해요."

일에 대해 말하자면 할 말이 많았다. 그리고 이 모든 일을 자기 혼자만 하는 것도 불만이었다. 담은 한시도 쉬지 않고 끊임없이 일하고 있는데, 동거인이라면 마땅히 해야 할 일도 하지 않고 슬쩍 숟가락만 얹더니, 지금은 또 임신했다는 이유로, 발을 빼려는 모양새가 못마땅했다. 그것에 대해선 다음에 정식으로 따질 생각이었다. 지금은 어쨌든 화해의 시간이었다.

"일은 어떻게 되어 가고 있죠?"

담은 반격이라도 하듯 화이에게 물었다. 화이는 쩝쩝, 소리를 내며 파스타를 먹으면서 말했다.

"뭐 똑같아요. 이쪽이랑 가까운 다리는 거의 다 막았지만, 좀 더 먼 거리로 나가려고 하니 도로가 정비되지 않아 갈 수가 있어야죠. 매번 어찌나 번거롭고 시간도 많이 걸리던지……."

"그러게 지게차를 이용해 보라니까요. 운전하는 건, 웬만하면 원리가 같아요. 그거 별로 안 어렵거든요."

담이 말하자, 화이는 한숨을 쉬더니, 들고 있던 포크를 탁, 소리 나게 테이블 위에 올려놨다. 다 위해서 해 주는 말인데도 화이는 한마디도 참지 못했다. 화이의 그런 반응을 담은 못 본 듯 눈길을 돌렸다. 뒤돌아 주방 쪽으로 가서 분주하게 치웠다. 화이가 양파를 자른답시고 어질러 놓은 씽크대의 음식 쓰레기를 비닐에 담고, 물이 튀긴 자리마다 행주로 닦았다. 도와주는 게 아니라 일을 만들었다.

"맛있게 잘 먹었어요."

의자 끄는 소리가 나는가 싶더니 화이가 테이블을 치우고 있었다.

"그냥 두세요. 난 먹지도 않았는데."

담은 약간 신경질적인 목소리로 말했다. 화이는 우두커니 서 있더니, 다시 자리에 앉으며 말했다.

"전 다 드신 줄 알았어요."

담은 의자로 돌아가 앉아서 이제는 식어 버린 파스타를 꾸역꾸역 마저 먹었다. 맞은편에 앉은 화이가, 담의 먹는 모습을 지켜보다 눈이 마주치자 창밖으로 눈길을 돌렸다.

"개 짖는 소리가 너무 오래 들리는 거 같지 않아요?"

뭔가 이상하다 싶었다. 담도 자리에서 일어나, 볼륨을 줄이고 창을 열어 밖을 내다봤다.

그때 탕, 하는 소리가 들렸다. 총소리가 분명했지만 확실치 않았다.

"이게 무슨?"

화이가 눈을 동그랗게 뜬 채 자리에서 벌떡 일어섰다. 그 바람에 테이블에 올려놓은 와인 잔이 바닥에 떨어지며 와장창 깨졌다. 불길한 징조같이 느껴져서 조심성 없는 화이에게 짜증이 났다.

"총소리가 아닐 수도 있어요. 타이어가 터지는 소릴 수도 있고."

더위로 타이어가 터지기도 했다. 하지만 총소리가 확실했다. 무엇보다 이제는 더 이상 아니라고 할 수 없는 요란한 소리가 들렸다. 조용한 도시에서 울리는, 자동차 엔진 소리는 너무 크게 들렸다. 까마귀가 요란하다 싶을 정도로 꺅꺅댔다.

화이의 겁먹은 시선이 담을 향했다. 담은 아닌 척하고 싶었지만 손이 떨렸다. 담은 현관문을 열고 밖으로 나갔다. 철문은 다행히 굳게 닫혀 있었다. 빗물펌프장을 통해 연구 동으로 들어오는 건, 처음 찾아오는 사람에겐 쉽지 않은 일이니까.

담의 머리 위로 윙윙대는 기계음이 들렸다. 고개를 들자, 까마귀만 한, 아니 독수리만 한, 비행 물체가 떠 있었다. 카메라가 달린 드론이었다. 현관문으로 나오려던 화이는 밖으로 내밀던 발을 얼른 안으로 들여놓았다. 화이도 담의 머리 위로 가까이 내려왔다가 올라가는 드론을 발견했다. 담은 조금 열렸던 현관문이 탁 하고 닫히는 모습이 야속하게 느껴지긴 했지만 어쩔 수 없는 일이라고 생각했다. 담은 한참을 서 있다가 다시 서둘러 집 안으로 들어갔다. 그러곤 창마다 달린 블라인드를 내렸다.

"위험한 사람들일지 몰라요."

화이가 말했다. 그 말엔 담도 동의했다. 무엇보다, 희롱하듯 날아오르던 드론은 지금도 담의 기분을 불쾌하게 했다.

"우리를 발견했으니 이쪽으로 오겠죠?"

화이가 말했다.

"우리는 아니죠. 당신은 아직 못 봤을 테니."

"그래 봐야 이쪽으로 오면 뭐……."

화이는 절망적인 목소리로 말했다.

곧이어 차가 가까이 다가오는 소리가 들렸고 삐, 삐, 확성기 소음이 이어 들렸다. 지난 6개월 동안 듣지 못했던 소리건

만 늘상 지속되어 오던, 익숙한 소음인 양 느껴졌다. 담은 창
문 옆에 서서, 지금은 아무것도 보이지 않는, 마당만을 내다보
았다.

화이는 담의 뒷모습을 낯설게 바라봤다

화이는 꼼짝 않고 서서 바깥을 내다보는 담의 뒷모습을 낯설게 바라보다가, 거실을 분주히 오가며 끊임없이 말을 늘어놓았다.

"누굴까요? 그동안 드론으로 우리를 지켜보고 있었던 걸까요? 아뇨, 그럴 리 없어요. 여지껏 주변을 지켜보고 있었잖아요. 저런 걸 본 건 오늘이 처음이에요. 아니죠. 우리가 깊이 잠든 밤에 정찰 왔을 수도 있어요."

그런 화이의 말을 멈추게 한 건, 담의 험악한 눈길 때문이 아니었다. 밖에서 들려오는 소음. 한두 대가 아닌 듯, 몇 대의 차가 굴러오는 엔진 소리와 더불어 확성기에서 들리는 것이 분명한, 삐삐거리는 소음이었다. 소음은 몇 번 지속되더니 '드디어' 나이를 가늠하기 힘든 남성의 목소리가 들려왔다. 신뢰 감을 주는 아주 점잖은 목소리였다.

"안녕하세요. 반갑습니다. 그동안 얼마나 힘드셨습니까. 그동안 얼마나 외로우셨습니까. 이젠 혼자가 아닙니다. 걱정하지 않으셔도 됩니다. 저희와 함께라면 안전하고 편안하게 생활하실 수 있습니다. 정부가 마련한 안전한 거처에서 생활하실 수 있습니다. 전기와 가스, 깨끗한 상하수도 시설이 완비된 편안한 집, 안전한 이웃 그리고 최상의 의료진이 여러분의 안전과 건강을 책임질 겁니다."

뜻밖에 듣게 되는 '살아 있는' 사람의 목소리는 반가워야 했지만 화이는 그렇지 않았다. 담도 마찬가지인 듯했다. 담의 표정엔 긴장감이 역력했다.

"정부라니, 말도 안 돼. 내가 다 다녀 봤는데."

담은 속삭이듯 말했다. 그런데 갑자기 웃음소리가 들려왔다. 화이는 소름이 돋았다. 협박하듯 낮게 읊조리는 말이나 호통이 낫다 싶을 정도의 비열한 웃음소리 뒤로 젊은 남자 목소리가 들렸다.

"언제까지 역겨운 소리를 지껄일 거야. 자, 이제 나오슈. 우리가 그쪽으로 가고 있는 건 알지? 좋은 말 할 때 나오라고."

술에 취한 듯 발음이 약간 불분명하게 들리기도 했다. 잠시 클래식 음악 소리가 들렸다. 몇 초 동안의 침묵 뒤에, 다시 점잖은 목소리가 이어졌다.

"죄송합니다. 이분은 지금 치료를 받고 계세요. 혼자 계시는 생활을 오래 지속하다 약물중독에 빠지셨지만 괜찮습니다. 중독으로 힘드신 분도, 외로움에 지치신 분도, 건강이 안 좋으신 분도, 걱정하지 않으셔도 됩니다. 저희는 최고의 의료진을 모시고 있습니다. 살아남은 사람들의 지혜를 모아, 가장 평등하고도 민주적인 공동체 생활을 이어 가고 있습니다. 강제하지 않습니다. 원하시는 분만 나오시면 저희와 함께 이동하실 수 있습니다."

숨죽이며 집중하던 담은 코웃음을 치더니 화이를 돌아봤다.

"나갈 건가요?"

화이는 절박한 심정으로 고개를 저었다. 저들이 어떤 사람들인지 알고 저들의 차를 타겠는가. 공동체 생활이라니. 화이가 알고 있는 공동체 생활은 그녀의 엄마를 강제 노역시키고, 이유 없이 구타하며, 말도 안 되는 사상이나 세뇌시키는 곳이었다.

신뢰감이 드는 목소리 뒤로는 무수하게 짖어대고 울어대는 개들의 소리가 들렸고 곧이어 드르륵드르륵 연이어 갈겨대는 총소리가 울렸다.

"외부 철문은 닫힌 거 확실하죠?"

화이의 물음에 담은 창백해진 얼굴로 끄덕였다.

"이미 저들은 우리가, 아니 내가 여기에 있다는 걸 알아요. 저 정도 철문이야 차로 밀고 들어오면 끝장이라고요."

그 말이 맞다는 걸 증명이라도 하듯, 요란한 소리가 울리더니, 철문을 향해 트럭 한 대가 망설임 없이 들이닥치는 것이 보였다. 커다란 덤프트럭 한 대가 철문을 가볍게 밀어내고 진입로를 따라 들어오고 있었다. 그 뒤로는 캠핑카와 트럭들이 줄지어 오고 있었다. 화이의 심장이 요동쳤다.

쌍안경으로 밖을 내다본 화이는 봤다. 트럭 뒤 적재함엔 사람들이 여러 명 있었다. 얼핏 봐도 열 명은 되어 보였다. 버젓이 '살아 있는' 사람들이었다. 그들은 겁먹은 표정으로 주변을 두리번거렸다. 그들 모두 똑같은 주황색 옷을 입고 있었는데, 마치 끌려 나온 노예나 죄수 같아 보였다.

스피커를 껐다고 생각했는지, 그들의 목소리가 그대로 들렸다.

"클랙슨을 울릴까?"

운전석에 있는 사내가 유리창 너머로 고개를 쭈욱 뺐다. 노랗게 염색한 머리가 보였다.

"봐, 내 말 맞지. 정비된 대로 따라가면 된다니까."

"이 정도 관리하려면 적어도 열댓 명은 있을 거 같은데?"

"장담하는데 이전에 청소하던 새끼가 살아남은 거 같다."

"좆까."

"내기할래? 저기, 살아남은 새끼들 봐. 뼛속까지 노예근성이라서 지 하던 거나 뼈빠지게 하다가 잡힌 거잖아."

"그러네. 사람 죽이는 너나, 사기 치는 나나."

둘은 그게 굉장한 농담이라도 되는 듯 찧고 까불며 웃어댔다. 그 소리는 누구의 제지도 받지 않고 확성기를 통해 그대로 들려왔다.

"저것들이 뭐라는 거야."

저들이 나타난 이후로 담의 목소리가 처음으로 거칠어지고 커졌다. 그럴 리 없다는 걸 알면서도 화이는 담의 팔뚝을 힘껏 잡았다.

"그냥 있어요, 제발."

화이는 울먹이며 말했다.

"새끼야, 이걸 켜 놓고……."

그러곤 다시 또 뚝, 하는 소리와 함께 그들의 목소리는 사라지고 음악 소리가 들렸다. 곡명은 알 수 없었다. 아까 담이 틀었던 브람스의 곡인지도 몰랐다. 개 짖는 소리가 차츰 가깝게 들려왔다. 또 다른 개 떼가 오는 것인지도 몰랐다. 담은 결연한 표정으로 화이에게 말했다.

"우리 이러죠. 벙커로 내려가요. 지하공간으로 대피해요. 그 방법밖에 없어요. 거긴 안전해요. 저들이 지나가면 그때 나와요."

"안 돼요. 여길 떠나야 해요. 저들이 여길 그냥 지나갈까요. 그냥 두겠어요?"

화이의 말에 담의 표정이 침울해졌다.

"전, 떠날 수 없어요. 걷는 자들을 처리하느라 한시도 쉬지 않고 일했는데. 그럴 순 없지. 누구 좋으라고. 말도 안 돼. 내가 여길 어떻게……."

담은 말을 잇지 못했다. 더 이상 망설일 수 없었다. 화이가 말했다.

"여기 있으면 안 돼요. 당신이 있는 걸 봤잖아요. 어떻게든 우릴 찾아낼 거라고요."

담은 한숨을 길게 내쉬더니 마침내 결심한 듯 말했다.

"그래요. 지하를 통해 나가요. 문을 열고 나가면 곧장 왼쪽 길로 쭉 가세요. 핀 조명이 나오면 그걸 따라가세요. 갈림길이 나오면 그때 딱 한 번만 오른쪽으로 가요. 잊지 마세요. 첫 갈림길에서 오른쪽. 그러면 강둑으로 연결된 출구가 보일 거예요. 맨홀 뚜껑이요. 거기로 나가서 배를 타요. 먼저 가서 기다리고 있어요."

담은 거실 바닥의 비밀 문을 당겨 올렸다. 그러곤 현관문 옆에 내려놓았던 화이의 백팩을 그녀에게 건네주었다. 거기엔 무전기와 마스크, 생수 한 통이 들어 있었다.

"당신은요?"

화이가 가방을 받으며 물었다.

"출입구를 들키면 안 되잖아요. 여기 연구 동에서 지하로 들어가는 출입구가 열리지 않도록 조처해 놔야 해요. 전 다른 출입구를 통해 지하로 내려갈게요."

"지금 빨리 하고 같이 가요. 아직 시간이 있잖아요."

"아뇨. 적어도 여기 살아 있는 사람이 있다는 걸 알고 있으니까…… 시선을 돌려야 해요. 불을 지를게요. 어느 건물이든……. 당신은 선박에 시동을 걸어 놔요. 내가 타면 곧바로 출발할 수 있도록. 알겠죠?"

확신에 찬 말 때문이었을까, 담의 말이 합리적이란 생각이 들었다. 화이가 계단을 통해 아래로 몇 걸음 내려가자, 위에서 문이 닫혔다. 화이는 어둠에 눈이 익는 동안 가만히 서 있었다. 입구 위로 무언가 옮기는 소리가 들렸다. 소파를 옮겨 놓는 듯했다.

화이는 계단을 하염없이 내려갔다. 그리고 지하로 통하는 문의 고리를 잡아당겼다.

지하 특유의 냄새와 먼지가 화이의 코로 훅 들어왔다. 화이는 문을 닫고 그 앞에 또 한참을 서 있었다. 미로처럼 되어 있는 길. 아무도 모를 거라고 했는데, 이 길은 담만이 알고 있다고 했는데, 왼쪽으로 가다가, 첫 번째 갈림길에서 오른쪽으로. 화이는 나지막하게 중얼거렸지만 여전히 막막한 기분이었다.

화이는 조금 더 앞으로 나아가 보았다. 지난번 봤던 대로 그저 텅 빈 공간이 보였다. 어둠 속을 더듬더듬 걷다 보니 발 아래로 희미한 핀 조명이 보였다. 확신이 서지 않았다. 고작 몇 걸음 걸었을 뿐인데도 이 길이 맞나 싶었고 지하에서 영영 길을 잃을 것만 같았다.

그때 컹컹 짖는 소리가 들리더니 곧이어 차갑고도 축축한 코가 화이의 발목을 파고들었다. 담의 누런 개였다. 이때만큼, 화이는 담의 개가 반갑고도 기뻤던 적이 없었다.

화이는 자리에 앉아 누런 개를 끌어안았다. 개는 침을 질질 흘리며 화이의 뺨과 귀를 핥았다. 어쩌다 개가 이 안에 들어온 건지, 언제부터 여기에 있었던 건지 알 수 없었다.

개가 능숙하게 앞서갔다. 마치 따라오라는 듯. 화이는 누런 개의 뒤를 따르느라, 미로 같은 벽면과 그 옆으로 붙어 있는 작은 문들. 그 문을 열면 또 다른 신세계가 펼쳐지듯 갖가지 물건들이 들어 있다는 것을, 담의 표현을 빌리면, 수십 명이 지하에 살아도 몇 년은 아무 불편 없이 살 수 있을 거라는, 생존에 필요한 모든 것이 다 있다는 것을, 볼 수도 알 수도 없었다. 다만 화이는 어둠침침한 길이 언제 끝날지, 과연 지상으로 올라갈 수는 있기나 할지, 여기에 이대로 갇혀 버리는 건 아닌지 두려울 뿐이었다.

앞서가던 누런 개가 컹컹 짖었다. 저만치서 둥그렇고 희미한 빛의 띠가 보였다. 담이 말한 맨홀 뚜껑이 분명해 보였다.

"저기니? 저기로 나가면 강둑이 나오는 거니?"

화이가 개를 향해 물었다. 화이는 조금 더 빨리 걸었다. 뚜 껑 아래 철제 계단이 있었다. 계단은 매우 좁고 가팔랐으므 로 철봉에 매달리기라도 하듯 한 칸 한 칸 힘겹게 발을 디뎌 올랐다. 맨홀 뚜껑을 여는 일도 쉽지 않았다. 있는 힘을 다해, 이를 악물고 으으으, 소리를 지르며 밀어 올렸다.

눈부신 햇빛과 함께, 습하고도 청량한 공기, 눅눅한 흙냄 새가 났다. 화이는 맨홀 뚜껑을 열어젖히고 겨우 밖으로 나왔 다. 개가 아래에서 위를 올려다보며 컹컹 짖었다.

화이는 할 수 없이 다시 밑으로 내려가 개의 엉덩이를 밀 어 올렸다. 도대체 이 아인 어떻게 내려왔던 걸가 싶었다. 개 를 끌어 올리고 나서야 화이는 다시 뚜껑을 닫았다. 연구 동 쪽에서 이젠 트로트 노랫소리가 희미하게 들려왔다. 소리만 들으면 파티라도 연 양 신났다. 지친 화이는 잠시 풀밭에 누 운 채 숨을 골랐다. 곧 화이는 몸을 일으켜 세웠다. 개는 그런 화이 곁에서 꼬리를 살살 흔들며 기다렸다.

연구 동에선 이쪽이 전혀 보이지 않는다는 것을 알았으나 화이는 겁이 났다. 몸을 낮게 숙인 채 쌍안경으로 연구 동을 바라봤다.

철문은 그대로 뒤집혀 넘어가 있었다. 화이가 최근 시간을 들여 가꾸었던 텃밭이며 트램펄린과 벤치도 망가지고 뒤집히고 처박혀 있었다. 순식간의 일이었다.

적어도 다섯 명 이상의 사람이 연구 동 안을 헤집으며 뛰어다니고 있었다. 그 가운데 키가 작고 벙거지 모자를 쓴 뚱뚱한 사내가 연구 동의 문, 그러니까 담이 사는 1동 현관문을 도끼로 내리찍고 있었다. 그들의 소름 끼치는 웃음소리와 목소리가 화이의 귓가에 윙윙대며 울려 퍼지는 것 같았다.

담은 어느 방향의 길로 나간 걸까. 담은 도대체 어디에 불을 지른다는 건지. 차라리 저들의 눈에 띄기 전에 빨리 도망치는 것이 나을 텐데. 화이는 담의 한심한 선택과 그런 선택을 말리지 못한 자신이 원망스러웠다.

화이는 곁에 선 채 손등을 핥고 있는 누런 개를 내려다봤다. 이 개는 도대체 왜?

"일단 가자. 배로 가자."

화이는 개를 향해 말했다. 담이 말한 배는 강둑에 묶여 있었다. 말이 선착장이지 풀이 무성한 시멘트로 만들어진 작은 디딤대와 말뚝에 불과했다. 화이의 뒤를 따르며 개가 자꾸 짖어 대서, 화이는 신경이 쓰여 쉿 하고 손가락을 입에 댔다. 개는 낑낑대며 짖는 걸 멈췄다. 화이는 간신히 선박 위로 올랐고 개는 껑충 점프를 해서 가볍게 안으로 들어왔다. 화이는 먼저 묶인 줄을 풀어서 강둑으로 던졌다.

갑판을 지나 조종실로 보이는 작은 방으로 들어서자, 락스 냄새가 났다. 담은 이곳을 세재로 정성 들여 닦은 모양이었다. 계기판엔 배의 작동법이라고 쓰인 종이가 붙어 있었다. 담은 이걸 언제 다 준비해 놓은 걸까. 이 배를 타고 여길 떠나려던 걸까.

화이는 작동법을 소리내어 읽으며 순서대로 했다. '전원'과 '충전'이라고 쓰여진 버튼을 눌렀다. 검정색 레버를 P까지 내리고 주황색 버튼을 누르자 배가 우르릉, 소리를 냈다. 그 소리가 너무 커서 화이는 깜짝 놀랐다. 개도 놀랐는지 '컹' 하고 짖었다. 시동이 걸린 모양이었다. 용도를 알 수 없는 세 개의 모니터 전원도 다 켰다. '삐삐' 소리가 나며 화면이 들어왔는데 항로를 알려주는 역할을 하는 것 같았다. '빨간색 레버=속도 클러치'라고 쓰인 걸 보니 출발하려면 위로 올리면 될 것 같았다. 그럴 리는 없겠지만, 행여나 이 소리가 들렸을까 싶어 화이는 갑판으로 나와 쌍안경으로 연구 동을 살폈다. 연구 동 위 공중에 드론이 한 대 낮게 날고 있었다. 드론이 좀 더 높이 오르면 강둑의 화이도, 배도 여지없이 보일 터였다.

그때 멀리서 우루르 쾅, 하는 소리와 함께 폭발음이 들렸다. 그저 불을 지른다고 하더니 주유소 하나를 통째로 날려 버린 모양이었다. 연구 동에서 제법 멀리 떨어진, 다리 바로 옆 주유소가 굉장한 폭발음을 내며 시커먼 연기가 피어올랐다. 화이는 입을 벌린 채 그 광경을 바라봤다. 거리가 꽤 되는데 언제 저기까지 갔나 싶었다. 곧이어 주유소 바로 옆에 있던 73층 빌딩도, 건너편에 있는 56층 주상복합건물도, 그 건물의 맞은편에 있던 호텔도, 옆의 대기업 본사 빌딩의 유리창도 깨졌다. 유리창의 파편이 영롱한 빛을 반짝이며 하늘에서 떨어져 내렸는데, 거의 동시에 사람들이, 아니 시체들이 떨어져 내렸다.

저 빌딩들은 세 번의 지진에도 멀쩡했다. 화재로 인한 폭발이 없었던 것도 아니다. 어쩌면 '고작'이라고 할 수 있는 주유소 폭발로 고층 건물들의 유리창이 일제히 박살나더니 그 안에서 걸어 다녔을 시체들이 사지를 허우적거리며 떨어져 내리고 있었다. 그 광경은, 다른 의미에서 장관이었다. 화이는 낮은 비명을 내질렀다. 개는 화이의 다리에 몸을 딱 붙인 채 낑낑대다가 공중을 향해 그르렁거렸다.

걷는 자들은 기다렸는지 모른다. 폭발음이 들린 것과 동시에 유리창을 향해 힘껏 몸을 던진 것은 아니었을까. 화이는 말도 안 되는 생각을 했다, 언제까지나 사무실에 갇혀 그 안을 걸어 다녔을 시체들이 이렇게라도 퇴근을 했으니 다행이라고.

화이는 쌍안경으로 다시 연구 동 쪽을 봤다. 폭발 소리에 안에 있던 사람들은 우왕좌왕 뛰어다녔다. 드론은 다행히 폭발이 일어난 건물 쪽으로 방향을 틀었다.

이윽고 또 다른 폭발음이 아주 가까운 곳에서 들렸다. 연구 동의 방화벽 역할을 해 주던, 빗물펌프장에서 빨간 불꽃과 검은 연기가 솟구쳤다. 담이 주유소를 날리고 난 뒤 빗물펌프장으로 왔다면, 어떻게 이렇게 빨리 이동할 수 있었을지 의문이었다. 연구 동으로 불이 번지는 건 시간문제였다. 담은 연구 동까지 날려 버릴 생각일까. 그토록 소중하게 생각하던, 자신만의 '집'을? 그렇지 않고서야.

화이는 가방에 있는 무전기를 꺼냈다. 혹시라도 소리가 날지 몰라 귀를 기울였으나 아무 반응이 없었다. 그리고 화이는 봤다. 도로를 시커멓게 몰려다니는 무리는 개 떼가 아니었다. 걷는 자들의 무리, 머리통이 박살 난 채로, 팔다리 어느 한쪽이 사라진 채로, 온몸이 불길에 휩싸인 채로, 빌딩에서 떨어져 내린 것이 분명한 걷는 자들이 기어서, 걸어서, 커다란 무리를 만든 것이다. 기껏 강물로 인도하여 이제는 정리가 다 됐다 싶었는데, 화이가 애써 치워 놓아 이동이 쉬워진 도로를 물결처럼 밀려가고 있었다. 그런 모습은 처음이었다. 진짜 지옥 같았다.

초조하게 화이는 무전기를 올려놨다 내려놨다 했다. 상황이 어떻게 된 것인지 모르니 섣불리 무전을 치다가 담이 곤란한 상황에 처할 수도 있었다.

그때 강둑을 향해 다가오는 오토바이 한 대가 보였다. 물론 오토바이엔 담이 타고 있었다. 좋게 생각하려 해도, 이 역시 잘못된 선택이었다. 날뛰는 개 떼도 담을 향해 달려오고 있었으니까.

왜 지하를 통해 오지 않고 굳이 오토바이를 타고 오는 걸까. 저렇게 짖어 대는 개 떼를 끌고 요란하게. 화이는 담을 향해 손을 흔들었다. 빨리 오라는 소리 대신 열심히 손을 흔들었다.

"빨리 좀."

화이가 발을 굴렀다. 처음으로 담을 향한 순전한 마음으로 응원했다. 오토바이는 그럴 필요가 있을까 싶을 정도의 굉음을 내며 선착장 근처까지 무사히 왔다.

"어서 타세요. 어서!"

화이는 안도의 한숨을 내쉬며, 이제야 담에게 들릴 만큼 큰 소리로 외쳤다.

뭔가 이상했다. 멈춰 선 오토바이를 강둑에 내팽개친 채 담은 갑자기 뒤돌아섰다. 화이가 굳이 쌍안경으로 담의 얼굴을 살폈는데도 불구하고 그 표정이 무얼 이야기하는지 감을 잡을 수 없었다.

"뭐 해요? 올라와요! 저들이 소리를 듣고 올 거라고요."

화이가 다시 한번 더 다급하게 외쳤다. 담은 개 떼를 향해 마구 총을 쏴 댔다. 굳이 그럴 필요는 없었다.

담의 총소리를 들은 건지, 연구 동에 있던 트럭 한 대가 방향을 바꿔 이쪽으로 오고 있었다. 담은 화이를 향해 한 손을 번쩍 들었다. 그러곤 몸을 돌려 연구 동을 향해 뛰었다. 담이 딱 한번 화이를 뒤돌아봤다. 담은 웃었던가, 무표정했던가, 슬펐던가, 아니면 아니면 후련했던가. 화이는 손이 너무 떨려, 다시 쌍안경을 들어 담의 표정을 살필 수 없었다.

그런 담의 뒷모습마저 너무도 갑작스럽게 시야에서 사라졌다. 화이는 당황했다. 어느새 바싹 다가온 개들이 주변을 이리저리 뛰어다니고 있었다. 저기에 지하로 내려가는 맨홀 뚜껑이 있었던 걸까. 화이가 서 있는 곳에선, 그저 무성한 푸른 풀만 보일 뿐이었다.

트럭에 이어 자동차와 캠핑카 두 대도 이쪽을 향해 오고 있었다. 배가 저들 눈에 띄는 건 시간 문제였다. 화이는 급히 조타실로 들어갔다. 시동은 걸어 놨지만 배가 정상적으로 움직이지 않는다면 낭패였다. 배가 비로소 움직이기 시작하기까지의 그 몇 분, 아니 어쩌면 몇 초가 화이에겐 너무도 길게 느껴졌다.

드디어 배가 움직였다. 담의 말대로 배를 운전하는 건 어려운 일이 아니었다. 배가 차츰 섬에서 멀어지기 시작했다. 하지만 속도가 너무 느려서 화이는 애가 탔다. 개가 화이를 향해 '컹' 하고 짖었다. 육지 쪽을 향해서도 '컹' 하고 짖었다. 속도 모르고, 어떻게 담을 두고 갈 수 있냐고 따지는 것 같았다. 차츰 배가 강으로 나아갈수록 화이의 마음은 차가워졌다. 누군가 떠나가는 사람이 있어야 저들은 '살아 있는' 사람을 찾아 뒤지길 멈출 것이다.

"저 새끼, 갈 생각이 아니었어."

화이는 개를 바라보며 탄식하듯 말했다.

"처음부터…… 나만, 나만 보내려고."

화이는 아스라이 멀어지는 섬을 바라보다가, 다시 강의 수평선을 뒤돌아봤다. 여전히 심장이 두근거리고 손이 떨렸다. 보란 듯 강둑에 내팽개쳐 놓은 담의 오토바이 주변을 돌던 드론이 차츰 위로, 위로 올라가고 있었다. 그러다 보면 결국 이 배도 드론에 찍히겠지.

이 섬과는 멀어져야 했다. 화이는 배가 좀 더 빨리 가기를 바랐다. 멀리, 멀리. 이곳에서 최대한 멀리 떨어진 곳으로 가야 했다. 그런데 거기가 어딜지, 어디로 가야 할지 알 수 없었다. 화이는 자신의 배 위에 손을 얹었다, 이제야 진짜 임산부처럼. 그러자 아주 조금 안심이 되는 것도 같았다.

작가의 말

이 소설은 단편으로 시작됐어요. 제목은 '그들과 함께 걷다'였고 남성 화자가 주인공이었습니다. 전작인 『근린생활자』를 엮으면서 김준섭 편집자님이 장편으로 써 보면 어떻겠냐고 권유하면서 시작됐지요. 장편으로 바꾸면서, 엄마를 찾는 소년을 비롯해 다양한 인물들이 왁자지껄 세상을 휘젓는 이야기가 추가됐는데 어쩐지 미심쩍은 마음이 들었어요. 이래도 될까, 싶었지만 기껏 소설로 모셔온 인물들에게 '나가 주셔야 할 거 같다'고 말한다는 게 쉽지 않았습니다. 하지만 박혜진 편집자님 덕분에 용기낼 수 있었어요. 고맙습니다.

워낙 오랜 시간 소설을 고쳐 쓴 탓에 그사이 많은 일이 있었어요. 늦은 나이에 아이를 낳은 것이 제겐 가장 큰 이벤트였습니다. 그저 '나' 하나만으로도 서툴고 부족했는데, 엄마가 되고 보니 어영부영 넘어갔던 인격적 체력적 부분들이 더 큰 부족함으로 다가왔어요. 그럼에도 아이 덕분에 많은 분들에게 크고 작은 배려를 받았습니다.

아이와 산책하던 동네에서, 마을버스를 기다리던 산 아래 종점 벤치에서도, 이웃들은 언제나 따듯하게 인사를 건네주었고, 안부를 물어봐 주었습니다. 주섬주섬 빵을, 사탕을 꺼내 주기도 하고 속 이야기를 들려주기도 하고 아무것도 아닌 일에도 칭찬해 주었습니다. 기운을 낼 수 있었지요. 사람이란 별거 아닌 것에도, 인사일 뿐인데도, 쉽게 마음을 열고 활짝 웃는 존재란 걸 깨달았습니다.

또 두 해 동안 아름다운 언덕 아래서 시인 천수호 언니네와 한 지붕 두 가족으로 살았습니다. 1층엔 언니네 가족이, 우리 가족은 2층에서 말이죠. 아래층엔 사계절 내내 꽃이 피고 지는 정원이 있었고 위층엔 베란다가 있었어요. 미니 풀장을 설치해 즐거운 여름을 보낼 수 있었고, 별도로 있는 출입구로는 동네 고양이 두 마리가 제 집인 양 드나들었어요. 막연하게 꿈꾸었던 삶을 현실로 살아내는 동안 끝내지 못했던 이 소설도 행복하게 마무리할 수 있었습니다.

물론 소설 속 담과 화이는 연인이 될 수 없었고, 동료가 되기도 힘들었으며, 가족 역시 될 수 없었습니다. 무심한 이웃으로 지내는 건 어쩌면 가능할 수 있었겠으나 그것 역시 실패하고 말았네요. 여러 번 고쳐 쓴 원고 속 담과 화이는 부부가 되기도 했고, 사명감을 지닌 동료가 되기도 했으며, 미래로 나아가는 관계이기도 했지만요.

　'작가의 말'이란, 다채로웠던 소설 속 인물들에게, 그리고 서랍에 남게 한 이야기에게 건네는 인사말 같다는 생각도 들었습니다. 잘 있어요. 언젠가 다시 만납시다. 그리고 이 책 속의 담과 화이에겐, 견뎌내느라, 버텨내느라 수고 많았다고 전하고 싶어요.

　지금 이 책을 읽는 당신에게도……

　처음 만나 뵈어 반갑습니다. / 시간을 뺏은 거 같아 죄송합니다 / 즐겁게 읽어 주셨다니 다행입니다.

　어떤 말이 적당한지 모르겠네요. 어떤 인사는 당신에게 닿고 어떤 인사는 끝내 전하지 못하겠지만, 이 마음만은 알아주셨으면 좋겠어요.

　고맙습니다.

2025년 2월
배지영

추천의 글

장진영(소설가)

창세기 절망편.

세상이 망해 버렸으면 좋겠다고, 사람들이 다 죽어 버렸으면 좋겠다고 생각했을 때 정말로 그 일이 일어난다면 그곳은 차라리 천국일까. 좀비는 공격성 제로인 데다, 기적처럼 모든 게 갖춰진 방공호까지 마침맞게 준비되어 있으니, 이토록 평화로운 디스토피아라면 세상쯤이야 싹 다 망해 버려도 괜찮을지 모른다. 지하에서 걸어 올라온 한 남자와 한 여자가, 어쩌다 우연히 살아남았거나 운명적으로 '선택'받은 두 남녀가 서로 같은 마음이기만 하다면.

좀비의 엉덩이를 욕보이는 삐뚤어진 남자나, 좀비에게 옷 입히기 놀이를 하는 음습한 여자라면 서로 통할 법도 하건만,

동질감과 동족 혐오의 한 끗 차이로 인해 '담'과 '화이'는 애석하게도 서로를 극혐하는 마음만을 공유하는 것 같다. 그러나 어쩌겠는가. "어차피 이 세상엔 우리 둘만 있으니까……." "그래요. 하필! 우리 둘만 있으니까." "그래요. 하필." 국어대사전의 '하필'이라는 표제어에 이 소설을 예문으로 추가하고 싶어진다. 이렇게 절망적인 단어라는 걸 소설을 읽기 전에는 미처 알지 못했으니 말이다.

소설이 7장으로 이루어져 있는 건 일주일이 7일인 것처럼 필연적이다. 멸망한 세상의 마지막 사람이 아니라 "새 세상의 '첫 사람'"이라고 스스로를 속여 넘겨야만 정신 붙들고 살아갈 수 있을 때, 그런데 하필이면 아담과 하와 두 사람의 마음이 에덴동산이 아니라 콩밭에 가 있을 때, 천국은 천국의 모습을 한 지옥이 된다. 그럼에도 소설은 말한다. 서로가 없으면 에덴은 깨끗하려니와, 서로의 힘으로 얻는 것이 많으니라. 설령 서로의 힘으로 서로를 저버린다 하더라도.

추천의 글

이유리(소설가)

　이 소설을 읽는 동안, 나는 친구와 함께 카페에 앉아 있었다. 친구는 조금 지루해하는 중이었다. 내가 몇 시간째 입을 꾹 다물고 오로지 읽기에만 집중하고 있었으므로. 친구는 내가 마지막 장을 덮자마자 물었다. 어땠어? 나는 어… 하고 대답을 한참 고민하다 결국 이렇게 말했다.

　세상이 망했는데, 유일하게 살아남은 두 남녀가 서로 지독하게 미워하는 이야기야.

　오, 재밌겠는데?

　어 재미있어, 재미있는데 또 마냥 재미있지만은 않아…

　그게 무슨 말이냐는 질문에 나는 뾰족한 대답을 내놓지 못했다. 그도 그럴 것이 속도감 있는 전개와 흥미로운 줄거리

덕분에 짧지 않은 분량을 앉은 자리에서 후루룩 다 읽었지만, 읽는 내내 나는 한껏 미간을 찌푸리고 있었으니까. 마치 소설 속 담이 청소하던 끈적한 하수구에 빠진 것만 같은 찜찜한 기분이었다. 도대체 이 하수구는 뭐고 어디로 통하는 걸까. 왜 나는 여기서 나가지 못하고 헤매고 있는 걸까. 아무것도 알지 못한 채 아무튼 온종일을 허우적대다 잔뜩 지쳐 침대에 누운 밤에야 깨달았다. 작가의 수에 제대로 걸려들었다는 걸.

모든 사람들이 죽은 채 그저 걸어다니는, 말하자면 '무해한 좀비'가 된 세상. 단 둘뿐인 생존자 화이와 담의 가장 큰 공통점이자 특징, 그리고 여타 아포칼립스물과 이 소설의 가장 큰 차별점은 '질문하지 않는다'는 것이다. 흔히 망한 세계에 홀로 살아남은 이들은 끊임없이 궁금해하지 않던가. 세상이 왜 이렇게 된 것인지, 왜 자신들은 이 끔찍한 재해의 영향을 받지 않고 살아남은 것인지, 앞으로 어떻게 해야 더 잘 살 수 있는지. 그러나 화이와 담은 아무것도 궁금해하지 않는다. 둘은 각자 이 세계에서 하고 싶고 할 수 있는 일들을 할 뿐이다. 마치 이런 세상이 도래하기를 미리 알고 기다려 온 사람들처럼 보일 정도로.

그 이유는 세상이 망하기 전과 후가 그들에게 전혀 다르지 않기 때문이다. 산 사람들과 좀비 인간들은 그들에게 무관심하다는 점에서, 망하지 않은 세계와 망한 세계는 그들에게 변변한 자리를 내어주지 않는다는 점에서 같다. 그러니 그 세계 속에서 움직이는 두 인물의 생리 역시 변하지 않는 것은 당연하다. 상대방의 사정은 상관없이 나의 안위만을 생각하는 것. 누군가 죽어서 누군가 살아남을 수 있다면 어떻게 해서든 살아남는 쪽이 되는 것. 이 소설의 진정 텁텁한 뒷맛은 이 순간 온다. 그러니까 이 세계가 실제 내가 사는 세계와 크게 다르지 않다는 것을 깨달았을 때. 대부분의 사람들이 사는 방식과 이 둘의 방식이 뭐가 다른지에 대한 답을 내놓기 어려울 때.

그것을 알아차린 뒤에야 나는 내가 느낀 찜찜함을 이 소설의 미덕으로 여길 수 있게 되었다. 그러니 이제는 이 책을 펼쳐 든 독자에게 기쁘게 권하고 싶다. 한번 마음껏 찜찜해 보라고. 그런 뒤엔 그 찜찜함을 똑바로 마주보라고. 그 너머에 있는 것이 들여다보일 때까지, 하수구를 헤매면서.

오늘의
젊은 작가
47

담이, 화이

배지영 장편소설

1판 1쇄 펴냄 2025년 2월 28일
1판 2쇄 펴냄 2025년 4월 23일

지은이 배지영
발행인 박근섭·박상준
펴낸곳 (주)민음사

출판등록 1966. 5. 19. 제16-490호
주소   서울시 강남구 도산대로1길 62(신사동)
          강남출판문화센터 5층(06027)
대표전화 02-515-2000 | 팩시밀리 02-515-2007
홈페이지 www.minumsa.com

ⓒ 배지영, 2025. Printed in Seoul, Korea

ISBN 978-89-374-7393-7
ISBN 978-89-374-7300-5 (세트)

* 잘못 만들어진 책은 구입처에서 교환해 드립니다.
* 이 도서는 2024년 한국문화예술위원회 아르코문학창
작기금(문학 창작산실) 사업에 선정되어 발간되었습니다.